L'HIKOUIS

JAMIE LEE GRAVEL

L'HIKOUIS

LES ÉDITIONS
JKA

L'Hikouïs
Dépôts légaux:
Bibliothèque nationale du Québec
Bibliothèque nationale du Canada

Saint-Pie (Québec)
J0H 1W0 Canada
www.leseditionsjka.com

ISBN : 978-2-923672-12-0
Imprimé au Canada

I.

C'était un soir où le vent soufflait une petite brise fraîche. Une jeune fille était installée sur le balcon aux côtés de son père, c'était son anniversaire. Elle avait les cheveux verts légèrement frisés et des yeux mauves perçants. La fillette était inquiète pour sa chère mère, qui se reposait dans son lit. Cette dernière n'allait pas très bien depuis quelques jours : elle régurgitait tout ce qu'elle avalait pour le petit déjeuner, ce qui la faisait souffrir d'une énorme migraine pendant tout le reste de la journée. Ainsi, elle se couchait très tôt et ne passait pas beaucoup de temps avec sa fille.

Soudainement, une main se posa sur son épaule. Son père la regardait avec un air inquiet. Il était loin d'ignorer la grande inquiétude que ressentait sa charmante fillette de huit ans.

— *Je sais que tu t'inquiètes pour ta mère, mais ne t'en fais pas, elle ira mieux très bientôt, ma puce.*

— *Est-ce qu'elle est malade ?*

— *Non, ce n'est que passager, Phalie. Pour le moment, le mieux serait d'aller se coucher. On en reparlera…*

L'homme n'eut même pas le temps de terminer sa phrase, qu'un cri strident atteignit leurs oreilles. Le père de la fillette se leva d'un bond et courut vers l'intérieur de la maison, suivi de près par sa fille.

Une fois à l'intérieur, la petite resta pétrifiée face à la scène qui s'y déroulait. Un homme encapuchonné tenait sa mère inerte, en haut des escaliers. Ce qui la terrorisait le plus était le couteau planté dans le bas-ventre de sa mère. Son père accourut vers sa femme, mais l'homme la laissa tomber en bas, par-dessus le garde-fou, sur le sol. Il regarda le père de Phalie, avec un sourire satisfait.

— *Mytho, qu'il fait bon de te revoir !* lança l'étranger, avec sarcasme.

— *Toi ? Que fais-tu chez moi ? Comment es-tu entré ?*

— *Par la fenêtre de ta chambre… Seulement, je ne suis pas venu pour discuter… Zeus m'envoie.*

C'est alors que l'homme s'élança pour attaquer Mytho, qui se défendait de son mieux, sans ralentir la cadence. Phalie se cacha dans la penderie du vestibule

et se recroquevilla sur elle-même, en pleurs. Plusieurs minutes passèrent, jusqu'au moment où elle entendit un craquement, suivi d'un son mat. Puis, tout devint silencieux. La jeune fille regarda dans l'embrasure de la porte et vit une chose horrible : son père était étendu sur le sol, dans une position impossible, ainsi que l'autre homme, debout près de lui, le visage satisfait. Elle retint un cri d'horreur, ce qui eut pour effet d'attirer l'attention de l'homme vers sa cachette. Elle retint son souffle, mais la porte s'ouvrit avec fracas.
— À ton tour, petite !

Phalie se réveilla en sursaut et en sueur. Elle avait maintenant dix-huit ans. Elle regarda autour d'elle, mais ne vit que la noirceur de la nuit. Elle s'étira un peu et décida qu'il valait mieux qu'elle se rendorme. Cependant, quelques minutes plus tard, elle rouvrit les yeux. Elle regarda dans la pièce, mais ne vit rien… Elle était seule. Pourtant, elle aurait juré avoir perçu une ombre au pied de son lit. Elle haussa les épaules, et son regard se posa sur un cadre posé sur la table près d'elle. Des larmes se mirent à glisser doucement. Elle passa un doigt sur chaque visage qui se trouvait sur la photo, tout en repensant à son rêve. Ce rêve… Elle avait commencé à le faire, il y a quelques jours. Toujours le même.

Après avoir essuyé ses joues mouillées, elle se leva, se dirigea vers la fenêtre où elle s'assit, et regarda à l'extérieur. Elle se laissa bercer par la lueur de la lune et tomba doucement dans les bras de Morphée.

Un doux rayon de soleil vint caresser le visage de la jeune femme, qui s'éveilla doucement. Elle s'étira, enfila une tunique et des pantalons beiges et sortit de la pièce. Arrivée dans la cuisine, elle y trouva son oncle Prédès et sa tante Syrie, attablés pour leur petit déjeuner. Phalie les salua chaleureusement et prit une pomme sur le comptoir. Tous les deux lui souhaitèrent un bon anniversaire.

— Tu comptes manger seulement un fruit pour déjeuner ? lui lança son oncle, avec reproche.

— Prédès, je vais manger au restaurant avec Mina, dans quelques minutes.

— Tu as bien dormi cette nuit, Phalie ? demanda sa tante, avec une pointe d'inquiétude dans la voix. Je t'ai entendue te lever…

— Oui, ne t'inquiète pas pour ça… J'ai seulement fait un mauvais rêve. Bon, je dois filer. Bonne journée !

La jeune femme sortit rapidement de la maison et marcha d'un pas lent jusqu'au restaurant, où elle attendit quelques minutes avant de voir son amie approcher.

— Bon anniversaire, ma grande! s'écria-t-elle, en la voyant.

Phalie la remercia et la laissa passer, pour entrer dans le restaurant. Après avoir commandé, la jeune femme parla à Mina de son rêve. Cette dernière parut surprise, car Phalie ne parlait jamais de cette journée tragique.

— Mina, on se connaît depuis notre naissance et je suis certaine que ce rêve, signifie quelque chose de spécial, car je n'ai jamais fait ce genre de rêve. Seulement là, ça fait trois nuits que je le fais et je me pose des questions.

— Il ne faut pas t'en faire, ce n'était qu'un rêve. Par contre, pour que tu te décides à m'en parler, il faut qu'il te tracasse vraiment. Alors, dis-moi ce qu'il signifie pour toi.

La jeune femme attendit que la serveuse ait terminé d'apporter leurs plats, avant de lui répondre. Elle prit un air sérieux, avala une bouchée et répondit :

— C'est un signe... Je dois faire quelque chose. À

mon avis, je dois tout simplement venger mes parents, trouver celui qui leur a fait ça et, ensuite, le tuer.

— Tu le crois vraiment, Phalie? Tu veux vraiment devenir une criminelle?

Cette dernière haussa les épaules. En fait, elle ne savait pas vraiment ce qu'elle devait faire avec ce rêve. Ce n'était qu'une simple intuition. Elle aurait tellement voulu être certaine de ce qu'elle devait faire… Mina, quant à elle, savait que son amie avait le désir de venger ses parents, et ce, depuis dix ans. Celle-ci le lui avait dit lors de la cérémonie, quelques jours après le drame. La jeune femme savait que même après toutes ces années, son amie n'avait pas perdu cette envie de tuer de ses propres mains le meurtrier de ses parents.

Elles terminèrent de manger, payèrent, et sortirent faire une promenade sur le bord de l'eau. Après plusieurs heures, elles rebroussèrent chemin et se rendirent devant la maison de Mina. La jeune femme prit Phalie par les épaules et regarda droit dans les yeux mauves de son amie.

— Écoute, Phalie, si tu sens le besoin d'aller en Grèce pour retrouver l'assassin de tes parents, bien vas-y! Prends le premier bateau et file tout droit vers

Olympe. Sache que je ne te jugerai pas, mais tu vas me manquer énormément. Fais très attention, car celui que tu recherches peut très bien te retrouver avant même que tu ne mettes les pieds là-bas. Il est sûrement très dangereux pour avoir fait ce qu'il a fait. Venge tes parents et reviens-nous vite… Surtout, n'oublie pas de me dire où tu es, car je veux avoir de tes nouvelles souvent, sauf si cela te met en danger, d'accord?

La jeune femme sourit, tout en laissant couler une larme sur sa joue, puis elle serra très fort son amie dans ses bras. Mina venait de lui enlever un très gros poids sur les épaules et lui montrer, de plus, toute la confiance qu'elle pouvait avoir en elle.

— C'est promis, Mina. Je vais essayer.

Quelques minutes plus tard, elle retourna dans la maison de sa tante et alla s'installer sur le fauteuil. Elle ferma les yeux et repensa à ses rêves et à ce qu'ils pouvaient bien signifier. Perdue dans ses pensées, elle n'entendit pas sa tante s'asseoir, en face d'elle.

— Tu as l'air bien soucieuse, ma douce. Il y a quelque chose qui te tracasse?

— Oui, il y a bien une chose, et j'ignore complètement ce que je dois faire et ce que je dois en comprendre.

— Phalie, je ne sais pas ce qui te dérange, mais je vais te dire une chose que ma mère me disait : Vas-y avec ton cœur… C'est lui qui a toujours raison, fais ce qu'il te dit.

Sur ces dernières paroles, Syrie se leva et se dirigea vers la cuisine.

— Le repas est prêt.

Phalie profita d'un merveilleux repas et passa une très belle soirée en compagnie de sa tante et de son oncle. Elle en oublia même ses soucis. Seulement, lorsqu'elle s'installa sur le bord de la fenêtre de sa chambre, ceux-ci revinrent.

La femme pénétra dans la pièce et s'installa sur le lit près de son époux qui la regardait d'un air soucieux.

— Est-ce que tu crois que tout va marcher ?

— Oui, j'en suis certaine… Allez, ferme la lumière et dormons.

La lumière s'éteignit.

La jeune femme aux cheveux verts se dit qu'elle devrait faire ce que sa tante et son amie lui avaient suggéré, c'est-à-dire suivre son cœur. Elle ferma les yeux visualisa son rêve et pensa à l'émotion qu'elle avait ressentie cette soirée-là. Lorsqu'elle les rouvrit, elle savait exactement ce qu'elle devait faire. Elle toucha le collier qu'elle portait à son cou : un médaillon en forme d'éclair que sa mère lui avait donné pour son huitième anniversaire. Elle avait reçu ce cadeau le matin même où sa mère était décédée.

Une heure plus tard, alors qu'elle fermait ses valises, elle eut un étrange pressentiment. Elle écouta attentivement, mais n'entendit rien. Elle jeta un coup d'œil dehors, mais ne vit rien. Phalie abandonna et décida d'aller dormir un peu, sans se douter que sur le toit se trouvait assis un homme aux cheveux noirs, vêtu d'une armure sombre.

Le lendemain, Phalie se réveilla au lever du soleil. Elle regarda ses bagages, puis alla prendre une douche froide et sortit tout habillée. Elle plaça ses accessoires de toilette à l'intérieur de ses sacs et les descendit tranquillement dans le vestibule.

— Voilà ce qui te tracassait hier, lança sa tante en sortant de sa chambre.

— Oui, Syrie… Je pars en Grèce très bientôt, car

j'ai des choses à régler là-bas. Je vais donc prendre le premier bateau qui se rend à cet endroit.

— Puis-je te demander quelles sont ces choses que tu dois aller régler si loin ?

— Je suis désolée, mais je ne suis pas totalement certaine de la vraie raison…

— Tu pars et tu ne sais même pas pourquoi tu y vas ? C'est insensé ma chère !

— C'est peut-être insensé, mais ça ne m'empêchera pas d'aller voir… Je ressens ce besoin. Il y a quelque chose de très important qui m'attend là-bas, et je dois absolument savoir ce que c'est. Peu importe le résultat….

— Bien, dans ce cas laisse-moi te préparer un bon premier repas pour cette longue journée qui t'attend.

Phalie n'eut guère le choix d'accepter, puisque sa tante courait déjà vers la cuisine. La jeune femme se dirigea vers la table où son oncle était installé. Le repas se déroula dans le calme et l'inquiétude. Aucun n'osait se regarder. Phalie fixait son assiette vide et pensait à son départ. Elle était certaine de son choix et même si elle ne savait pas vraiment où aller, elle savait que c'était le bon chemin à suivre.

Elle se leva de table et quelques minutes plus tard

elle était dehors, suivie par sa tante et son oncle portant ses bagages. Elle se dirigea d'abord chez Mina et, ils partirent tous les quatre vers le petit port du village.

La route se fit en silence. Ce fut seulement lorsque Phalie revint avec son billet que sa meilleure amie éclata en sanglots et se précipita dans ses bras.

— Mina, tu sais bien que je vais t'indiquer l'endroit où je serai et, ainsi, tu pourras le dire à Payos et aux autres. Ne t'inquiète pas pour moi. Je te donne des nouvelles dès que je le peux, et je te promets de faire très attention à moi... Mais je ne reviendrai pas avant d'avoir tué ce minable qui a fait de ma famille ce qu'elle est...

Elle se détacha de son amie, l'embrassa sur le front et se tourna vers sa tante et son oncle. Ils avaient tous les deux un regard triste, tandis que Phalie avait des larmes qui lui coulaient sur les joues. Elle les serra tous les deux dans ses bras, en leur disant qu'elle essaierait de leur écrire. Ils entendirent la cloche signifiant que le bateau allait bientôt quitter le port.

Phalie empoigna ses bagages, jeta un dernier regard aux trois personnes présentes, puis se dirigea vers le pont...

2.

Sur le bateau, pendant tout le temps que dura le trajet vers la Grèce, la jeune femme aux cheveux verts pensa à son rêve et à sa décision. Elle se demanda si elle avait fait le bon choix. Pourtant, elle savait au fond d'elle que c'était ce qu'il fallait faire pour pouvoir tourner la page une bonne fois pour toutes. Malgré tout, elle profita du paysage qui s'offrait à elle jusqu'au moment où, quelques jours plus tard, elle se retrouva les deux pieds sur terre.

La jeune femme empoigna ses valises et se dirigea vers le centre de la ville de Phtie. Phalie arriva rapidement parmi tous ces gens inconnus qui faisaient leurs courses. Cependant, à peine eut-elle le temps de se retrouver dans ce nouvel univers, qu'elle fut agrippée par un jeune homme aux cheveux clairs.

— Suivez-moi… Nous attendions votre arrivée…
Vite, avant qu'il ne vous voie…

Phalie ne comprenait pas pourquoi l'homme
la traînait jusqu'à une cabane de bois, à l'extrémité
de la ville. Elle fut soulagée de le sentir lâcher prise
sur son poignet, mais hésita tout de même à entrer
avec lui. Quelques secondes plus tard, il ressortit et
la fixa.

— Dépêchez-vous avant qu'il n'arrive.

— Je ne comprends pas pourquoi je devrais me
cacher. Je viens tout juste d'arriver dans cette ville
et…

— Je sais tout ça. Alors, n'attendez pas plus longtemps et entrez.

Voyant que le jeune homme ne lâcherait pas,
Phalie entra dans la cabane avec ses valises, légèrement inquiète. Une fois qu'elle eut dépassé la porte,
l'homme referma celle-ci et alla dans la première
pièce à droite, suivi de Phalie qui laissa ses bagages
dans le petit vestibule.

Elle le vit s'installer dans un fauteuil, regardant
dans sa direction. Phalie fut mal à l'aise face à tant
d'attention.

— Il était temps que vous arriviez, nous commencions à nous poser des questions. Cela fait des années que nous attendons ce moment.

— Attendez! Mais qui êtes-vous?

— Mademoiselle Phalie, je suis Dionysos, le dieu du vin, et j'ai reçu l'ordre de vous protéger durant votre séjour ici.

— Dieu? Me protéger? Mais enfin, où suis-je?

Le jeune homme n'eut pas le temps de lui répondre, qu'on fracassa la porte et qu'un homme furieux apparut dans le salon.

— Dionysos! Attends un instant... Tu vas voir ce que ça fait que de ne pas exécuter le travail demandé. Ce n'est pas parce que tu es mon neveu, que tu dois te croire mieux que les autres.

— Poséidon! Ce que je suis content de te voir, lança Dionysos, avec sarcasme. Mais de quel travail, parles-tu?

— De celui que tu devais faire ce matin et qui a été fait tout de travers... Tu vas voir ce dont je suis capable!

Sur ce, Poséidon fit apparaître un énorme trident avec lequel il menaça Dionysos. Sans prévenir, il balaya l'air avec son arme et frappa Dionysos qui perdit l'équilibre. Le dieu de la mer tendit à nouveau son trident pour recommencer, mais un mouvement le déconcentra.

— Où comptez-vous aller, mademoiselle?

Cette dernière avait fait un mouvement vers la sortie, croyant s'être trompée d'endroit. Elle ne comprenait pas ce qui se passait devant ses yeux, ou plutôt ne voulait pas y croire.

Mais le trident, manié par Poséidon, lui barrait la route. Phalie sursauta, mais demeura cependant droite et impassible, le regard légèrement hautain.

— Je ne vous ai jamais vu à Phtie…

— Je viens tout juste d'arriver il y a à peine une heure.

Le visage de Poséidon se posa sur la base du cou de la jeune femme, où était nichée son collier en forme d'éclair venant de sa mère. Son visage s'adoucit légèrement et un sourire fit surface. Le dieu de la mer regarda Dionysos, lequel haussa les épaules avec un regard innocent.

— Elle est enfin arrivée, après toutes ces années… La voilà…

Phalie, inquiète, regarda Poséidon et Dionysos, car elle ne savait pas du tout de quoi ils parlaient. Les deux hommes se sourirent et s'installèrent confortablement, sans la quitter des yeux. La jeune femme resta debout, attendant patiemment un mouvement ou une parole de leur part, mais en vain. Elle se décida donc à parler.

— Je ne comprends pas du tout ce à quoi vous faites allusion. Vous m'attendiez ?

— Mais bien sûr qu'on vous attendait, mademoiselle Phalie, lui répondit Dionysos avec un sourire charmeur. Vous êtes celle que nous appelons l'*Élue*. Celle qui nous…

— Une minute ! Élue ? Mais de quoi ? Vous êtes complètement dingues !

La jeune femme se sentait totalement perdue face à ces deux hommes. Elle ne comprenait absolument rien. Elle, une élue ? C'était insensé puisqu'elle n'avait jamais entendu parler d'eux, ni de dieux. Si elle oubliait les histoires que sa mère lui racontait, elle ne savait rien de la Grèce.

— Oui, l'Élue annoncée par une prophétie : « Elle aura les cheveux verts, un collier en forme d'éclair et viendra pour connaître la vérité, mais elle sera l'Élue. Celle qui vous sauvera du mal… » Tu as les mêmes cheveux verts que ceux de ta mère d'ailleurs.

Poséidon avait prononcé ces paroles comme si c'était lui qui les avait écrites. Phalie les regarda tour à tour, ne sachant trop si elle devait les croire ou pas.

Ce que cet homme avait dit concordait parfaitement avec elle, du moins la partie sur les cheveux, le collier et la raison pour laquelle elle était là. Mais elle avait de la difficulté à croire qu'elle aurait le pouvoir de vaincre le mal.

— Je ne suis pas certaine de vous suivre. Vous dites qu'il existe une prophétie me concernant et que vous connaissiez ma mère. Mais comment est-ce possible puisque je ne vous connais pas moi-même ? Et d'ailleurs, comment connaissez-vous mon nom ?

— Je crois que la meilleure personne pour te répondre se trouve directement dans le royaume d'Olympe. Il s'agit de mon frère, Zeus, lequel doit sûrement t'attendre depuis très longtemps.

— Alors, allons-y! s'écria Dionysos, tout en se levant et en se dirigeant vers Phalie pour lui prendre le bras.

— Euh… Mais… Attendez…

En faisant comme s'ils n'entendaient pas ses protestations, les deux hommes lui empoignèrent chacun un bras et disparurent tous les trois sans bruit. Phalie se sentit comme projetée dans le temps à une vitesse fulgurante. Toutefois, après quelques secondes, elle ressentit à nouveau le sol froid sous ses sandales.

Elle promena un regard circulaire autour de la pièce qui semblait être un grand hall, admirant chaque parcelle et chaque détail des murs et des sculptures tout autour de la salle. Entre temps, les deux hommes l'avaient lâchée et ceux-ci la regardaient, un sourire moqueur sur les lèvres. Elle sursauta lorsqu'elle entendit une nouvelle voix derrière elle.

— Je suis content de voir que ma demeure vous plaît, mademoiselle.

Phalie se retourna rapidement en détaillant l'homme devant elle. Il avait les cheveux dorés clairs, la peau légèrement bronzée et un sourire très charismatique. Le plus impressionnant était la lumière qu'il avait autour de lui. Il était suivi d'une femme incroyablement belle. Celle-ci avait les cheveux d'un roux léger, la peau claire et était vêtue d'une robe foncée. Elle était également entourée d'une lumière vive. Phalie se força à leur sourire, doucement.

— Si je peux me permettre un compliment, je vous trouve aussi jolie que votre mère. Vos cheveux et la forme de votre visage sont identiques. Par contre, vos yeux sont ceux de votre père, qui sont d'ailleurs tout aussi charmants. Mais je ne crois pas que vous êtes ici pour que je vous complimente… Au fait, je m'appelle Zeus, et voici ma femme, Héra.

— Enchantée…Je dois vous avouer que je ne sais pas trop pourquoi je suis là. J'ai dû me tromper de débarquement.

— Vous ne vous êtes pas trompé ma chère… Vous êtes ici pour les mêmes raisons que votre mère avant vous.

— Ma mère?

— Oui. Elle est venue me voir ici, lorsqu'elle n'avait que douze ans. La conversation que j'ai eue avec elle a été la plus émouvante que je n'ai jamais eue. Elle voulait savoir pourquoi sa mère, ta grand-mère, avait été assassinée quelques mois plus tôt.

— Mais comment cela se pouvait-il qu'elle vous connaisse et qu'elle ne m'ait jamais rien dit à votre sujet?

— Elle voulait vous protéger. Elle ne se doutait pas que vous alliez devoir prendre sa relève…

— Sa relève?

— Elle ignorait que vous puissiez devenir comme elle et votre grand-mère avant, c'est-à-dire une élue. Elle croyait pouvoir réussir, avant que vous ne soyez rejointe par ce devoir.

Phalie regarda Zeus avec scepticisme. Elle ne savait pas si elle devait le croire, et ce, malgré tout ce que les deux autres hommes avec qui elle était lui avaient dit. Elle se décida tout de même à leur laisser une chance de tout expliquer. Elle resta donc debout à les regarder tous les trois, à tour de rôle, oubliant complètement la présence de la femme près d'eux. Le dieu du ciel leur sourit et leur fit signe de se diriger vers les fauteuils situés un peu à l'écart.

— Vous savez que votre monde n'est qu'une partie de ce qu'est réellement le monde n'est-ce pas ? commença-t-il.

La jeune femme hocha affirmativement la tête, sans vraiment comprendre.

— Il y a votre monde, celui des humains, et celui des immortels, nous, les dieux. Nous ne vivons pas vraiment sur Terre, puisqu'il est impossible aux humains d'accéder à cet endroit. Seulement, la plupart des dieux passent leur vie sur Terre, mais aucun ne vit une vie normale comme la vôtre, mademoiselle. Il y a plusieurs centaines d'années, une femme est venue me voir et m'a confié une prophétie, en me disant qu'elle ne se réaliserait pas avant très longtemps. Je l'ai tout de même écouté, puisqu'elle a rajouté que celle-ci concernait mon frère, Hadès…

— Le dieu des morts, murmura Phalie sans quitter Zeus des yeux.

— C'est exact. La prophétie disait ceci :

Un jour, elle viendra, elle aura les cheveux verts et un collier en forme d'éclair. Elle viendra pour connaître la vérité, elle sera l'Élue. Elle aura les pouvoirs qui vous sauveront du mal. Plusieurs essaieront, mais une seule réussira.

Plusieurs mourront pour elle. Un amour naîtra, il sera fort mais il périra. Seul ce sacrifice lui donnera la force de vaincre le mal.

Mais un seul devra mourir dans cette guerre qui changera le monde céleste.

Personne ne prononça un mot durant les quelques minutes qui suivirent. Tous repensaient à ces mots sortis de la bouche du dieu le plus puissant qui soit. Phalie était trop concentrée pour remarquer que les trois hommes la regardaient, appréhendant sa réaction, et que la femme était partie

— Et cette fille, vous croyez tous que c'est moi ?

— Tu portes le collier, tu as les cheveux verts et tu es venue pour connaître la vérité, non ? lui répondit Dionysos.

— Oui, mais ça n'explique pas tout… Pourquoi me connaître ?

— C'est simple, lorsque la première Élue est arrivée, votre grand-mère, un nouveau pouvoir est apparu sur Terre et tous les dieux l'ont senti à l'intérieur d'eux. J'ai donc envoyé des hommes pour qu'ils veillent sur elle, et ce, jusqu'au moment où elle serait prête à accomplir sa mission. Il va de soi que la première approche avec votre grand-mère n'a pas été très facile, mais elle a compris que c'était autant pour votre monde que pour le nôtre. À la naissance de votre mère, c'est ma femme qui s'est occupée de l'accouchement et par la suite, on a tous suivi les avancées de vos grands-parents et de vos parents.

— Dans le fond, vous nous surveillez depuis le tout début ?

— Oui, mais c'est seulement pour que nous puissions vous protéger, lorsque vous en avez besoin…

— Disons que ça n'a pas trop réussi pour ma famille… Ils sont morts quand même.

— Personne ne pouvait prévoir cela… Je vous expliquerai toute l'histoire un autre jour, maintenant il se fait tard. Par ailleurs, j'aimerais que vous restiez chez Dionysos, durant votre séjour ici. Il a été chargé…

— De me protéger. Je sais, merci…

Zeus ricana à cette dernière parole remplie de sarcasme. Il aimait bien cette petite et avait un très bon pressentiment quant à la conclusion de cette prophétie. Il n'avait aucun doute que cette fois-ci ils avaient trouvé la bonne, mais elle ne lui semblait pas entièrement prête à affronter la suite.

Il se leva en même temps que les trois autres et tous se dirigèrent vers le centre du hall d'où, en guise de salutations, on se lança des signes de tête. Puis, Poséidon et Dionysos reprirent chacun un bras de la jeune fille et ils disparurent, sans bruit.

Durant ce temps, Héra revint vers son époux et plaça une main dans la sienne, en posant sa tête sur son épaule.

— Tu ne crois pas qu'elle est un peu jeune?

— Pas autant que sa mère…

3.

Le lendemain, la jeune femme, en ouvrant les yeux, ne reconnut pas la pièce dans laquelle elle se trouvait. Elle se redressa et vit ses valises toujours fermées au pied du lit dans lequel elle avait dormi. Elle se leva et se dirigea vers la fenêtre, en se remémorant les événements passés. Puis, lorsqu'elle se décida enfin à se regarder, elle remarqua qu'elle était toujours habillée de la même façon. Elle se décida donc à aller voir dans ses valises ce qu'elle pourrait porter.

Une fois changée, elle sortit de la chambre malgré que le soleil ne fût toujours pas levé. La jeune femme inspecta chaque pièce et chaque coin durant plusieurs minutes. Alors qu'elle observait les cadres accrochés au mur du salon, elle ne perçut pas la personne qui se trouvait adossée au cadre de la porte qui la reluquait en souriant. Ce fut seulement lorsqu'elle se retourna pour sortir qu'elle la remarqua. Elle eut un cri de surprise et lui fit un sourire crispé en plaçant sa main à la hauteur de son cœur qui battait la chamade, tout en tentant de reprendre sa respiration.

— Mais, es-tu fou, Dionysos? J'ai cru mourir…

Ce dernier éclata d'un rire mélodieux, sans cesser de l'observer.

— Tu avais l'air d'une petite fille qui découvre de nouvelles choses fabuleuses et je ne voulais surtout pas te déranger dans ta contemplation.

— C'est en effet nouveau tout ça. Je suis arrivée seulement hier et j'en ai appris beaucoup plus sur moi durant cette journée que durant tout le reste de ma vie… J'ai tellement de questions dans la tête, que je ne sais plus quoi faire.

— Pour le moment, je vais te faire visiter la ville et si jamais tu avais des questions, tu pourras toujours me les poser et je ferai de mon mieux pour y répondre.

La jeune femme aux cheveux verts acquiesça et tous les deux se dirigèrent vers la sortie.

Il commença par lui faire visiter les boutiques

ainsi que le lieu où se trouvait le marché. La jeune femme fut étonnée de voir comment il pouvait
y avoir autant de monde dans une ruelle si étroite.
Elle découvrit également l'endroit où se trouvaient
les meilleurs restaurants ainsi que ceux où elle ne devrait pas aller : « Plusieurs sont très dangereux pour
une femme seule. Il ne s'y trouve seulement que des
marins et des guerriers n'ayant pas vu une femme
depuis des lustres. » C'était la raison, somme toute
satisfaisante, que lui avait donnée le dieu du vin. Ils
prirent tout de même le temps d'aller manger à l'un
des restaurants.

Alors que le soleil se couchait, il l'amena sur la
plage et elle resta subjuguée devant le spectacle qui
s'offrait à elle. Le soleil, se couchant à l'horizon, éta-
lait ses rayons sur l'eau et laissait dans son sillage un
merveilleux mélange de couleurs.

— C'est magnifique…

— Tu n'as jamais aperçu un coucher de soleil avant
aujourd'hui ?

— Bien sûr, voyons. Mais pas sur une eau si trans-
lucide.

Dionysos s'assit sur le sable, agrippa la main de
Phalie pour qu'elle en fasse autant, puis plaça son
bras sur les épaules de la jeune femme. Cette dernière

se força à rester de marbre face au charme de cet homme qu'elle ne connaissait pas. Alors, elle resta droite, le regard fixé sur l'horizon. Ils restèrent ainsi durant plusieurs minutes, attendant que le soleil soit entièrement couché et qu'il cède sa place à la lune.

Finalement, Dionysos décida qu'il était temps de rentrer. Les rues n'étaient plus très sûres tard le soir. Les marins en profitaient pour sortir dans les tavernes, ou rentrer chez eux après leurs visites dans les restaurants à fêter et à boire. Ils marchèrent côte à côte, Phalie, incertaine, se pressant contre lui. Ce ne fut pas suffisant pour éviter d'attirer l'attention sur eux alors qu'ils traversaient la rue principale pour se rendre dans les bois, là où habitait Dionysos, puisque trois hommes se dirigèrent vers eux.

— Hé, ma jolie! Que fais-tu avec ce rejeton? lança le premier en leur barrant la route.

— Tu devrais venir avec nous, continua le deuxième en tendant la main vers le visage de Phalie.

— Je suis certain qu'on pourrait très bien s'amuser, renchérit le troisième en essayant de lui faire un sourire charmeur.

Dionysos avait serré la jeune femme plus fortement contre lui, en regardant les trois hommes avec fureur. Phalie ne voulait pas se l'avouer mais elle avait peur, peur de ce que ces hommes pourraient lui faire. Ils tentèrent de poursuivre leur chemin, mais les trois hommes, assez robustes, ne leur laissèrent aucune issue. Sans crier gare, ils dégainèrent leurs armes accrochées à leur ceinture.

Le dieu du vin poussa légèrement Phalie derrière lui afin de pouvoir la protéger plus aisément. Il tendit la main droite vers les trois brigands qui éclatèrent de rire. Puis, sans que quiconque ne s'en soit aperçu, une épée apparut dans sa main tendue. Les trois hommes cessèrent de rire, et, ensuite, tout se passa très vite pour Phalie qui assistait à la scène, impuissante.

Dionysos esquivait les coups des trois hommes assez facilement, mais contre-attaquait cependant très peu. Il espérait que la jeune femme puisse avoir la présence d'esprit de quitter les lieux. Mais, un cri derrière lui attira son attention et lui fit perdre l'avantage qu'il avait. Il était en train de se faire désarmer lorsqu'il vit sa protégée se débattre contre deux autres hommes, aussi horribles que les trois premiers. Le jeune homme eut un haut-le-cœur en voyant un des individus caresser la cuisse de la jeune femme aux cheveux verts tout en remontant légèrement sa tunique, tandis que l'autre lui maintenait la tête en lui parlant à l'oreille. Phalie était terrorisée et des larmes commencèrent à couler sur ses joues, mais elle ne laissa échapper aucune plainte lorsque la main de l'homme monta jusqu'à la base de son intimité. Ses yeux entrèrent en contact avec ceux du dieu du vin qui était maintenu très solidement au sol par les trois hommes qui le forçait à regarder, sans rien faire.

— Regarde ta putain jouir avec un autre homme que toi. Regarde-la et profite de ce merveilleux spectacle...

Le jeune homme ne voulait pas laisser ces hommes maltraiter sa protégée, mais il savait qu'il ne réussirait pas à se débarrasser des trois colosses sur son dos assez rapidement. Il lui faudrait de toute évidence une force supérieure à celle qu'il possédait déjà. Il jeta un rapide coup d'œil vers Phalie et vit avec horreur que l'homme avait déjà remonté la tunique de la jeune femme à la mi-cuisse et qu'il avait également ouvert son pantalon. La jeune femme tenta de crier, mais l'autre homme qui se tenait derrière elle la força rapidement à se taire. Alors qu'elle pensait qu'elle allait se faire violer, elle vit son agresseur se faire tirer par-derrière. Le brigand qui la maintenait la poussa sur le sol et sortit son arme, pour tuer l'importun. La jeune femme recula dans un coin et remonta ses jambes vers son visage, en pleurant.

Quelques secondes plus tard, elle entrevit une ombre près d'elle et sentit qu'on lui caressait délicatement le visage. La belle releva la tête et remarqua qu'il n'y avait pas seulement une personne devant elle, mais bien deux. Elle fut effrayée pendant quelques secondes, mais reconnut le dieu du vin accroupi devant elle, puis Poséidon, derrière lui. Elle se jeta dans les bras de Dionysos, sans cesser de pleurer. Le dieu de la mer s'agenouilla derrière eux et caressa les cheveux de Phalie comme un père l'aurait fait.

— Tout est terminé, Phalie. Ils ne t'approcheront plus… Retournons chez Dio.

La jeune femme hocha affirmativement la tête, mais ne se détacha pas de Dionysos. Il dut la prendre dans ses bras pour faire le reste du trajet, car elle ne voulait pas poser les pieds au sol. Le jeune homme sourit à son oncle et tous les trois se rendirent chez le jeune homme.

Les deux hommes l'installèrent dans un fauteuil avec une couverture chaude et lui donnèrent une coupe de vin. Puis ils firent de même en face d'elle. Tous les trois restèrent dans un silence absolu durant quelques secondes, avant qu'on ne frappe à la porte. Dionysos se leva rapidement et se dirigea vers la porte, pendant que Poséidon allait à la fenêtre.

— Pourquoi il est là, celui-là? murmura-t-il. Ce qui eut pour effet d'attirer l'attention de Phalie.

Cette dernière essaya de voir de qui il s'agissait, mais en vain. Elle tendit l'oreille pour écouter ce que disait son protecteur, mais elle ne put rien en tirer. Elle se décida donc à attendre. Ce qui ne dura pas très longtemps, puisque Dionysos pénétra dans la pièce, suivi d'un homme encapuchonné. La jeune femme tourna son visage vers l'inconnu qui la regardait également, intensément.

— Les rumeurs sont donc vraies… La troisième est arrivée.

L'homme s'approcha d'elle et enleva son capuchon. Phalie resta sans voix devant tant de beauté. Elle fixa les yeux éclatants de l'homme, sans remarquer que tous les regards étaient tournés vers elle, dont celui déçu, de Dionysos. Elle ne remarqua pas non plus l'accoutrement de l'inconnu : il était vêtu comme les grands soldats, un guerrier.

— Mademoiselle, je suis Achille… Je suis venu vous offrir mes services pour votre armée.

— Mon armée? Je suis navrée, mais je n'ai pas d'armée…

Elle lui avait répondu avec une pointe de tristesse. Étonné, Achille se releva et regarda les deux autres hommes. Cet homme n'était pas connu pour offrir ses services de combattant à n'importe qui. Il était un soldat loyal et invincible. Tout le monde le savait. Malgré tous les combats auxquels il avait participé, il avait survécu à tous les maux. Personne ne connaissait son point faible, du moins par les mortels…

— Elle n'a pas encore d'armée sous son commandement ? Mais vous êtes insouciants ! Elle ne pourra pas réussir si elle n'a pas d'hommes derrière elle…

— Achille… commença Poséidon. Je ne sais pas pourquoi tu es ici ce soir… Tu n'as pas choisi le bon moment. Cette jeune femme vient de vivre une expérience traumatisante et tu viens lui faire la morale au sujet de son armée ? Je suis désolé de te dire ça, mais tu vas devoir partir si tu persistes dans cette voie.

— Que lui est-il arrivé ?

— Des brigands nous ont attaqués, lui répondit Dionysos avec froideur.

Achille eut un regard compatissant envers la jeune femme aux cheveux verts qui était assoupie dans son fauteuil. Il savait comment les brigands pouvaient être horribles lorsqu'il était question de femmes.

— C'est une preuve qu'il faut qu'elle commence à se prendre en main…

— Sur ce point, tu as raison Achille, lui dit Poséidon avec un regard inquiet.

— Elle doit apprendre qu'elle possède en elle différents pouvoirs tous aussi puissants les uns que les autres, confirma Dionysos.

4.

*P*halie courait. Elle était poursuivie par l'homme qui venait de tuer ses parents. Elle tournait à gauche puis à droite, mais contre son gré, elle se retrouva en face de chez elle, toujours suivie par le méchant homme! Lorsqu'elle entra dans la chambre de ses parents, l'étranger s'y trouvait déjà.

— Il était temps. Je t'attendais, petite. Allez, approche!

Phalie ne bougea pas d'un poil; ce qui mit l'homme en rogne.

— Je t'ai dit d'approcher!

Elle finit par s'approcher de lui, mais elle était toujours sur ses gardes. Lorsqu'elle fut assez près, il l'attrapa et lui fit regarder les visages tordus de ses parents. Elle commença à sangloter doucement, puis elle cria autant que ses poumons le lui permettaient. L'étranger *lui mit rapidement une main sur la bouche. Mais la petite Phalie était futée et elle le mordit jusqu'au sang, puis recommença à crier, tout en courant vers la sortie.*

À l'extérieur, plusieurs personnes étaient accourues, en entendant le cri de la petite fille.

— Que se passe-t-il, ma petite chérie?

— Vite! Venez voir! cria un homme avec une tunique verte. Ils sont morts!

À ces mots, Phalie recommença à pleurer. Toutes les personnes qui étaient là partirent en direction de la chambre des parents de la petite, la laissant toute seule, dehors.

Soudain, une étrange sphère noire traversa le toit en se dirigeant vers la Lune. L'homme pouvait encore voir Phalie et il lui lança une énorme boule noire qui la frappa en pleine poitrine.

La jeune femme se réveilla en sursaut. Elle n'était plus couchée dans le fauteuil, mais elle était maintenant dans un grand lit confortable. Phalie aurait été prête à jurer que ce mauvais rêve aurait dû avoir comme sujet sa mésaventure de la veille et non celui du drame de son enfance. De plus, ce rêve n'était pas comme le précédent. Pourquoi ? La jeune femme se leva et se dirigea vers la fenêtre de sa chambre.

— Pourquoi ai-je ce destin, mère ? Pourquoi ne pas m'avoir avertie avant ? J'aurais pu comprendre… Je ne crois pas être faite pour cela, par contre… Je risque de vous décevoir et j'en suis navrée d'avance… Vous me manquez énormément.

Phalie assista sans vraiment s'en rendre compte au lever du soleil. Elle resta là à regarder l'horizon durant plusieurs minutes. Elle réfléchissait à tout ce que Zeus lui avait dit et à où cela la mènerait plus tard. Elle se devait d'être forte et puissante pour réussir à débarrasser leur monde du mal. « Mais quel est ce mal ? » se demanda-t-elle. Soudain, elle se rappela que Zeus avait mentionné que la prophétie avait un rapport avec Hadès. Cependant, il n'avait pas précisé cette idée.

Puis on frappa discrètement à sa porte. La jeune femme sursauta et s'y dirigea tranquillement. Elle ne fut guère surprise de voir Dionysos les cheveux encore humides, signe qu'il venait de se laver, lui sourire amicalement.

— Alors, tu comptais sortir de cette pièce aujourd'hui ?

— À bien y penser, je serais bien restée là jusqu'à la fin de mes jours !

Elle vit dans le regard de son ami qu'il se posait des questions sur la véracité de cette réponse. Elle lui fit un charmant sourire et lui dit tout en refermant la porte :

— C'était une blague… Je me change et je sors.

Elle ne vit pas l'étrange sourire qui apparut sur le visage de Dionysos. Il était heureux qu'elle ne lui en veuille pas, malgré leur mésaventure de la veille. Il fit donc demi-tour vers la cuisine où se trouvaient Achille et Poséidon.

— Nous devons faire quelque chose, lança Achille.

— Car elle fait encore ses rêves, et un jour, elle découvrira la vérité sur sa famille, continua Poséidon.

— Elle doit retourner voir Zeus.

Dionysos savait qu'ils avaient raison. Il avait été nommé le protecteur de cette troisième Élue et il ne voulait pas faillir à sa tâche.

Zeus se trouvait devant lui et le regardait dans les yeux. Il avait l'air grave et Dionysos se concentra pour faire de même. Si son père avait communiqué avec lui, ce n'était pas pour parler tranquillement, c'était une histoire sérieuse. C'est à cet instant qu'il lui avait parlé de la troisième Élue, de son comportement, de sa per-

sonnalité et de son histoire. C'est également à ce moment qu'il avait compris quel serait son rôle.

— Tu seras le protecteur de cette Élue, Dio. Comme Arès l'a été pour la précédente et comme Athéna l'a été pour la première. Tu veilleras sur elle, tu la protègeras le mieux possible et jamais tu ne devras la quitter.

Dionysos avait hoché la tête de manière affirmative. Il comprenait parfaitement son rôle.

Pendant ce temps, Phalie ouvrit une de ses valises qui se trouvait toujours au pied du lit. Elle choisit une tunique et une jupe de couleur bordeaux accompagnée d'une ceinture dorée, de même que des sandales blanches dont les lacets montaient jusqu'aux genoux. Cette tunique mettait sa généreuse poitrine en évidence. Satisfaite, elle se sourit dans la glace et alla retrouver les hommes dans la cuisine.

Quand Dionysos revint à lui, il remarqua qu'il n'avait perdu que quelques secondes du moment présent et que personne ne s'en était aperçu. Tous les trois entendirent des pas dans le couloir et tous furent surpris de voir apparaître une jeune femme aux cheveux verts vêtue d'une merveilleuse tunique bordeaux. Elle était ravissante. Aucun des trois hommes ne prononça un mot durant les premières secondes. Ce fut seulement lorsque Poséidon se leva pour céder sa place à la jeune femme que les deux autres revinrent enfin sur terre.

— Ne le prenez pas mal, mademoiselle, mais je dois m'en aller. J'ai des choses à régler chez moi et plus je retarde à les faire, plus elles deviennent urgentes. Passez une très belle journée tous les trois. On se revoit là-haut.

Phalie ne saisit pas l'allusion que venait de faire le dieu de la mer, mais les deux hommes présents semblèrent la comprendre. Elle haussa les épaules et tourna son attention sur la nourriture qui se trouvait sur la table. Elle prit une tranche de pain et, délicatement, mit de la confiture dessus.

— Alors, où allons-nous aujourd'hui? leur demanda-t-elle en les regardant tour à tour, pour ensuite s'arrêter sur Achille.

— Nous avons quelque chose à te montrer. Le temps qu'on se rende à l'endroit et que nous en revenions, la journée sera terminée. Donc…

— On devrait partir maintenant, non? coupa-t-elle.

Elle se leva de table et se dirigea vers la sortie, incitant les autres à faire de même. Lorsqu'ils sortirent, ils virent la jeune femme accroupie au sol, caressant un petit rongeur. Quand elle sentit leur présence, elle se releva et leur sourit.

— Quel est cet endroit que vous devez me montrer?

— On doit retourner chez Zeus, commença Achille

— Pourquoi ne pas faire comme la première fois? Nous téléporter…

— Parce que pour le début de ton apprentissage, nous devons savoir si ton cœur est pur, expliqua Achille. C'est plus facile de passer par la Muraille des Dieux.

— Et cette muraille va vous permettre de savoir si je suis pure? C'est insensé…

— Pas tant que ça, car il va te falloir répondre à trois questions, et si tu réponds convenablement, ça voudra dire que tu es réellement l'Élue, expliqua Dionysos en commençant à avancer.

Ils marchèrent ainsi tous les trois durant plusieurs heures, ne faisant que de très petites pauses pour s'hydrater et manger. Lorsqu'ils aperçurent enfin la Muraille des Dieux, ils s'arrêtèrent, éblouis par tant de beauté. Il y avait sur toute sa longueur des formes humaines sculptées à la main. On pouvait les voir grâce à la précision des détails et à la qualité des sculptures.

Phalie s'avança doucement jusqu'à ce qu'elle puisse effleurer de sa main la Muraille. Au contact de celle-ci, elle ressentit une légère vibration, comme un picotement désagréable. Elle retira sa main rapidement. Dionysos lui effleura le dos et se pencha vers elle.

— Tu ressens ce picotement en raison de la fusion de ta magie et de celle de la muraille. Cela signifie que tu peux maintenant entrer à l'intérieur et répondre aux questions qui te seront posées.

La jeune femme resta sceptique quelques instants, car elle ne voyait aucune entrée dans la muraille. Mais, au moment où elle allait en faire part à Dionysos pour lui dire qu'il devait s'être trompé, une partie du mur se brouilla lentement, pour faire place à un trou noir de la largeur d'une porte.

Phalie, inquiète, regarda tour à tour les deux hommes qui l'accompagnaient. Quand elle vit leur regard confiant, elle soupira et avança pour pénétrer dans le trou. Une vive lumière l'aveugla, au moment où elle franchit la ligne invisible. Elle plaça rapidement une main en guise de visière et vit une femme apparaître devant elle. La luminosité diminua et elle put regarder pleinement la forme devant elle. Celle-ci était ravissante. Comme vêtement, elle portait un léger voile sur son corps. De plus, elle affichait un visage souriant et avait des cheveux très clairs.

Une fois que la jeune femme eut disparu dans la muraille, Dionysos se laissa tomber sur l'herbe entièrement verte et regarda le ciel qui ne comportait aucun nuage. Il sentit Achille en faire de même près de lui.

— Tu sais ce qui va lui arriver là-dedans ? demanda le guerrier en regardant toujours le ciel.

— Lorsqu'elle sera complètement passée de l'autre côté, la déesse Aphrodite lui apparaîtra et elle lui demandera de répondre à une question…

La femme ne bougea pas, mais elle garda son sourire.

— Je suis Aphrodite, la déesse de l'amour. Je suis la première des trois femmes qui viendront te voir ici pour te demander de répondre à une question.

Si nous trouvons que tu réponds correctement à la question et que tu y réponds avec ton cœur et avec sagesse, tu auras le droit de continuer. La dernière femme, quant à elle, te citera l'objectif de cet entretien.

Phalie hocha affirmativement la tête, signe qu'elle comprenait très bien et qu'elle était prête à commencer. Ce qui ne se fit pas attendre, puisque sans avertissement, la déesse continua d'une voix douce et chaleureuse :

— Qu'est-ce qui relie ces mots entre eux : humains, nature et musique ?

Les yeux de la jeune femme devinrent tellement ronds qu'ils auraient pu sortir de leur emplacement. Qu'est-ce qui reliait les humains avec la nature et la musique ainsi que la nature avec la musique ? La jeune femme tourna la question dans tous les sens, mais ignorait totalement la réponse. Elle se remémora que la déesse lui avait dit de répondre avec son cœur et avec sagesse et non avec la raison… La jeune femme ne rouvrit les yeux qu'après plusieurs secondes, voire plusieurs minutes. Elle avait complètement perdu la notion du temps. Elle sourit à la femme devant elle et se décida à donner sa réponse :

— C'est leur harmonie. Sans l'harmonie qui réunit

les hommes, il ne peut exister aucune entente. Sans celle qui les réunit avec la nature, cette dernière ne peut exister. Sans celle qui les réunit à la musique, il n'y a aucune passion possible. Et que serait la nature sans musique ?

Aphrodite prit quelques secondes avant de dire si la réponse de la jeune femme était exacte, ce qui rendit Phalie encore plus anxieuse.

— C'est exact. Tu as su chercher au fond de ton cœur et répondre avec sagesse. Je te permets donc d'accéder à la deuxième question. On se reverra, Élue...

Puis elle disparut et Phalie se retrouva à nouveau seule, jusqu'au moment où une seconde forme, la deuxième femme, fit son apparition.

— ... et si elle répond correctement à la première question, Rhéa fera son apparition et lui posera la deuxième question...

La peur qui avait tenaillé Phalie, à l'attente de la

première, avait complètement disparu lorsque la deuxième femme arriva. Cette dernière, vêtue d'une tunique de soie qui ne couvrait que l'essentiel, avait de longs cheveux bruns et son visage, était aussi ravissant, que celui de la première déesse. Lorsqu'elle lui parla, Phalie fut surprise de la douceur de sa voix. Elle ne connaissait pas cette femme, du moins pas assez pour pouvoir la replacer, mais elle se doutait que celle-ci avait énormément de vécu.

— Je suis Rhéa, la déesse de la terre et des animaux, aussi connue sous le nom de Grande Mère. Je suis ici parce que tu as su répondre correctement à la question de la déesse Aphrodite. Je vais donc te poser la seconde question et si tu arrives à répondre de façon adéquate, tu pourras passer à la dernière.

Phalie acquiesça et attendit avec patience la deuxième question :

— Dans une famille, quelle est la chose la plus importante ? Le logis, les enfants ou l'époux ?

Phalie réfléchit quelques instants en fixant le sol. Elle se sentait intimidée par le regard de la grande déesse, ce qui lui fit fermer les yeux pour une seconde fois. Le plus important ? Dans une famille ? Qu'est-ce que ses parents lui disaient toujours ? « Lorsque tu seras grande, ma fille, tu devras faire passer tes enfants avant toute chose. Rien n'est plus important que ses enfants. » Lorsqu'elle releva la tête, Phalie put apercevoir le sourire énigmatique de la femme devant elle. Elle lui sourit à son tour, avant de répondre :

— Ce sont les enfants, car sans enfants, il ne peut exister de famille, puisque le terme *famille* désigne un ensemble de personnes vivant sous le même toit. Mais s'il n'y a seulement que deux personnes, ça ne peut pas former une famille très concrète.

— C'est tout à fait exact. Tu es digne de porter le nom d'Élue. Aussi, je te permets d'accéder à la troisième question. On se reverra, Élue.

— ... et si elle donne la bonne réponse à la deuxième question, elle rencontrera la déesse que la plupart des chasseurs redoutent, la déesse Artémis...

Lorsque la troisième forme apparut, une odeur de bois pénétra ses narines, et elle trouva celle-ci apaisante. La femme qui se présenta à elle n'était pas comme les autres. Elle était vêtue d'une tunique de chasse beige et portait un arc et une épée sur elle. Ses cheveux ondulés étaient d'un blond éclatant.

— Je suis Artémis, la déesse de la Chasse et de la Lune. Comme les deux autres avant moi, je suis là pour connaître la bonté de ton cœur ainsi que la sagesse dont tu auras besoin pour ta mission. Une Élue se doit d'utiliser correctement les dons qu'elle possède à un certain niveau. Tu as de très grands pouvoirs à l'intérieur de toi, seulement, tu dois les découvrir avec la sagesse de ton cœur. C'est l'unique moyen de les maîtriser. Lorsque tu auras répondu correctement à ma question, il sera temps pour toi de commencer à maîtriser ta force magique. Es-tu prête ?

— Oui, je le suis et le serai.

— C'est bien… Donc, voici ma question : selon toi, est-ce qu'il existe un lien entre le bien et le mal, de même qu'entre le blanc et le noir ?

La jeune Élue ne savait pas trop de quel côté elle devait prendre la question. « Utilise la voie que te dicte ton cœur. » Elle reconnut cette voix qu'elle avait eu si peur d'oublier : celle de sa mère. Elle ferma les yeux et se concentra sur sa respiration. Elle voulait prendre son temps pour bien répondre à cette dernière question, car cela déterminerait la venue d'événements dont elle ignorait encore la teneur. Elle leva les yeux vers Artémis, après plusieurs minutes de silence, et fut heureuse de voir que celle-ci souriait toujours. Elle soupira d'aise avant de répondre tranquillement :

— Il peut en effet exister un lien entre le bien et le mal, tout comme entre le noir et le blanc, puisqu'il existe différentes teintes, entre ces deux tons. Le gris par exemple, peut être un lien entre le blanc et le noir. En ce qui concerne le bien et le mal, il faut savoir que personne n'est complètement noir ou complètement blanc. On peut l'être en apparence, mais au fond de chacun, il existera toujours différentes nuances. Certains feront le mal selon telle circonstance, mais seront capables de faire le bien, pour d'autres. Par contre, selon certaines personnes, leurs actions peuvent toutes être considérées comme bien, mais le contraire est également possible.

Phalie avait observé la réaction de la déesse, pendant qu'elle répondait. À son regard, elle sut qu'elle avait bien répondu. Elle en fut quelque peu soulagée, comme si un énorme poids venait d'être enlevé sur ses épaules.

— Tu as répondu à ma question encore mieux que

je ne m'y attendais. Félicitations, tu as su démontrer que tu étais digne de porter le titre d'Élue. Tu seras parfaite si tu continues à faire tes choix avec ton cœur et non avec ta tête. Je te donne maintenant le pouvoir d'acquérir la magie que tu possèdes et d'apprendre à la maîtriser adéquatement. Retourne à l'extérieur et ton protecteur Dionysos te guidera...

Tout en parlant, la déesse fit un mouvement de la main et la lumière vive du début revint aveugler la jeune femme. Cette dernière recula et retrouva la porte qui était maintenant réapparue, la menant aux côtés de Dionysos et d'Achille. Ceux-ci s'étaient relevés lorsqu'ils avaient vu l'entrée apparaître à nouveau.

5.

La jeune femme était assise dans l'herbe entre les deux hommes et réfléchissait tout en regardant la Muraille des Dieux devant elle. Elle ne savait plus ce qu'elle devait faire. Selon les trois déesses, elle possédait de grands pouvoirs et ce n'était que maintenant qu'elle pouvait y accéder?

Phalie était tellement perdue dans ses pensées qu'elle sursauta lorsque Dionysos plaça une main dans son dos.

— Est-ce que ça va, Phalie? Tu as l'air d'être bien songeuse...

— En effet, je repense à tout ce qu'elles m'ont dit.

— Et qu'est-ce qu'elles t'ont dit pour te mettre dans cet état? s'inquiéta Achille.

— Saviez-vous que j'avais des pouvoirs en moi?

Il y avait dans le ton qu'elle avait employé quelque

chose qui démontrait bien aux deux hommes qu'elle pourrait très bien se mettre en colère. La jeune femme essaya de se contenir, en attendant leur réponse, avant de savoir comment réagir.

Les deux hommes se regardèrent et ce fut Dionysos qui répondit à la demande de l'Élue.

— Oui, nous le savions.

Ce fut la seule parole qu'il prononça en voyant le regard de Phalie se transformer à une vitesse foudroyante. Pourtant, lorsqu'elle parla, sa voix était calme et posée.

— Pourquoi ne pas m'en avoir parlé avant?

— Est-ce que tu nous aurais crus?

— …

Elle ne le savait que trop bien. Lors de son arrivée, elle croyait être tombée dans une ville de cinglés. Se prétendre être un dieu… Elle aurait pu leur rire au nez, si elle n'avait pas vu dans leurs yeux qu'ils étaient sérieux. Alors, croire qu'elle détenait de grands pouvoirs magiques lui aurait paru encore plus insensé.

— Mais alors, que sont-ils?

— Puisque la déesse Artémis t'a permis d'accéder à ta magie, tes pouvoirs devraient faire leur apparition tranquillement. Il faudra que tu sois patiente, car ensuite tu devras apprendre à les maîtriser.

— Comment vais-je pouvoir les contrôler ?

— Pour ça, nous devrons commencer ta quête… Mais pour l'instant, ne pense plus au comment…

— Nous devrions peut-être filer avant que les gardes n'arrivent, conseilla Achille en se levant et en tendant une main à Phalie pour l'aider.

Zeus regardait par la fenêtre de sa plus haute tour et souriait. Il n'avait jamais vu une Élue répondre de cette manière aux trois questions posées par les trois déesses. Il resta ainsi à contempler l'horizon, jusqu'au moment où les trois jeunes se levèrent pour partir. Le dieu du ciel quitta son point d'observation et descendit de la tour pour rejoindre sa femme qui l'attendait dans le salon. Héra était en compagnie de trois femmes tout aussi ravissantes l'une que l'autre : Aphrodite, Rhéa et Artémis étaient toutes les trois assises dans un grand fauteuil en face de la femme de Zeus. Elles discutaient et souriaient.

Il s'avança et alla s'installer sur un fauteuil aux côtés de sa femme. Puis il regarda les trois femmes en souriant. Il était content de les revoir car cela faisait plusieurs cycles de lune qu'il ne les avait pas vues. Il savait que si elles étaient venues aujourd'hui juste après leur rencontre avec l'Élue, c'était parce qu'il le fallait. Alors, il leur fit un signe de la main pour qu'elles commencent à parler. Ce fut sa mère, Rhéa, qui commença.

— Cette fois-ci, c'est la bonne, mon fils. Tout émane d'elle, son pouvoir est encore plus grand que les précédentes…

— Cependant, il y a un « mais », c'est ça? les interrogea-t-il.

— C'est exact, Père, continua Artémis, d'un air navré. Si elle ne maîtrise pas son pouvoir, celui-ci va la détruire. Si elle l'utilise trop, son énergie va s'évanouir tranquillement pour ne faire place qu'à un fantôme. Elle va vivre, mais son âme sera éteinte. Elle agira comme un esprit qui déambule dans les rues, sans but précis.

— Crois-tu qu'il existe un moyen pour empêcher ça? s'inquiéta-t-il.

— Il faut simplement qu'elle apprenne à en faire bon usage. Le mieux serait qu'elle puisse avoir de l'aide, continua Aphrodite.

— Oui, mais qui aurait le temps de s'occuper d'une troisième Élue qui possède déjà un protecteur ?

— Un protecteur n'est pas suffisant. On l'a remarqué lors de la mort de Cillia, il y a maintenant dix ans, continua Héra. Dionysos est là pour la guider, pour lui apprendre l'essentiel et, si elle a besoin d'aide, il pourra la lui apporter. Il la protégera. Mais sera-t-il en mesure de l'aider avec ses pouvoirs incontrôlés, alors que lui-même avait quelqu'un pour l'aider ?

Le dieu du ciel se permit un moment de réflexion. Il savait que sa femme avait raison, tout comme les trois autres. Cependant, il hésitait encore. Il avait déployé tous les dieux et toutes les déesses dans différents secteurs, pour les prévenir des changements dus au mal qui approchaient à grands pas. Devait-il vraiment en ramener un pour que celui-ci aide la jeune femme à maîtriser ses pouvoirs ? Il devait penser rapidement. Le temps était compté car, d'un instant à l'autre, les premières apparitions des pouvoirs de l'Élue feraient surface. C'était vrai qu'un protecteur n'était pas suffisant, si on pensait vers où cette mission avait conduit les deux dernières Élues.

Il reporta son attention vers les femmes près de lui. Il leur fit un sourire pas très convaincant et répondit :

— C'est vrai que c'est insuffisant. Mais qui voudrait bien quitter son poste pour apprendre à une jeune femme à maîtriser ses pouvoirs ?

— Je crois connaître quelqu'un qui voudra bien nous rendre ce service, répondit Aphrodite en leur faisant un clin d'œil.

— Peu importe de qui il s'agit, tant que nous pouvons lui faire entièrement confiance, enchaîna la déesse de la chasse.

— Et qu'il ne mènera pas cette mission à son avantage, conclut Rhéa.

— Maintenant que c'est réglé, j'aimerais que vous me parliez de ce qui se passe dans leur monde.

À plusieurs milles de l'endroit où se trouvait le dieu du ciel, dans un village de paysans, une dizaine de soldats, vêtus d'une énorme cuirasse noire, pénétrèrent dans l'enceinte du village. Les habitants allèrent s'enfermer dans leur maison, sans demander leur reste. Ils purent entendre les rires des guerriers de l'ombre. Ces derniers restèrent ainsi durant plusieurs minutes à faire le tour du village, pour finalement s'arrêter devant la demeure du chef.

Sans attendre davantage, trois soldats pénétrèrent dans la maison, frappèrent l'homme qui se dirigeait vers eux avec une fourche, tandis que la femme restait près de leurs trois enfants. Les hommes tournèrent un regard sadique vers les quatre personnes restantes, puis l'un d'entre eux s'avança vers la dame et la tira par le bras, tandis qu'un autre restait près des enfants et que le dernier maintenait le mari au sol, la tête levée, pour qu'il regarde.

Les trois enfants étaient alignés au mur, pleurant devant leur mère.

— Arrêtez ! Je vous en prie… Pas devant les enfants, s'écria l'époux impuissant.

— Et pourquoi pas ? lui répondit l'homme qui déchirait la robe de sa femme.

Il savait trop bien ce qu'ils s'apprêtaient à faire subir à sa femme, et ce, devant leurs enfants. Durant tout le temps où la femme se faisait violer par ces hommes sans que personne n'intervienne, on n'entendit que les pleurs des enfants ainsi que les gémissements de douleur de la femme, malgré ses efforts pour ne pas crier.

Tous savaient que cette famille resterait marquée par la visite de ces soldats vêtus d'une cuirasse noire.

Près d'une heure plus tard, le reste des villageois put voir les soldats, sortirent de la petite maison en souriant et en riant, sachant que les membres de cette famille se consolaient du mieux qu'ils le pouvaient dans de pareilles circonstances.

Les soldats allèrent près du feu, en riant de leurs exploits. Puis, sans attendre, le chef prit deux morceaux de bois enflammés, les lança sur la maison et fit signe à ses hommes d'encercler la demeure victime des flammes.

Les femmes, avec tristesse, conclurent leur récit des récentes attaques de celui appelé le Mal, sachant que Zeus était sensible à tout ce qui touchait au monde des humains. Personne ne prononça un mot, attendant une réaction de la part du dieu du ciel. Ce dernier avait écouté attentivement les propos racontés par les quatre femmes, mais maintenant qu'elles avaient terminé il ne savait plus comment réagir. Il s'était attendu à ce genre d'attaques, connaissant l'homme qui gérait tout, mais pas à tant de violence…

6.

La jeune femme aux cheveux verts marchait d'un pas léger, avec ses deux compagnons à ses côtés. Elle réfléchissait toujours à ce qu'elle venait d'apprendre, mais il y avait une chose qu'elle ne comprenait pas. Elle garda sa question pour elle, jusqu'au moment où ils franchirent tous les trois le seuil de porte de la maison de Dionysos.

Ils allèrent s'installer dans le salon. Achille prit un fauteuil simple, tandis que Phalie et Dionysos se placèrent sur des coussins par terre l'un à côté de l'autre. Le dieu du vin donna à chacun un verre de vin bien rempli, tout en leur faisant un clin d'œil et il leva son verre.

— À l'arrivée de notre chère Élue!

— À cette guerre qui approche! continua Achille fidèle à lui-même.

— À la force de l'amitié! termina Phalie en leur souriant.

Ils restèrent un moment silencieux, avec seulement le chant du vent qui entrait dans leurs oreilles. Phalie, toujours perdue dans ses pensées, ne toucha presque pas à son verre de vin, préférant lui faire faire de légers tours circulaires. Les deux hommes le remarquèrent, mais ne firent aucun commentaire cette fois-ci, attendant que cela vienne d'elle. Elle ne se fit pas trop attendre, car seulement quelques secondes plus tard, la jeune femme leva sèchement la tête et les regarda tour à tour.

— Pourquoi mes parents ont-ils été tués?

— Parce que ta mère était l'Élue, commença Dionysos d'un regard navré…

— Oui, je sais. Mais pourquoi tuer tout le monde et pas seulement ma mère ?

— Nous n'en savons rien, Phalie.

— Si vous n'en savez rien, alors pourquoi l'homme qui les a tués dit-il que c'était Zeus qui l'avait envoyé pour les éliminer ?

Elle avait prononcé ces dernières paroles avec difficulté. Elle était fatiguée de toujours revivre ces mêmes rêves. Elle voulait que tout cela cesse, afin qu'elle puisse retourner voir sa tante, son oncle ainsi que ses amis.

Phalie ne sentit pas le bras protecteur de Dionysos se poser sur son épaule, lequel la forçait à appuyer sa tête contre lui. Il lui embrassa les cheveux, tout en lui prononçant des paroles réconfortantes que la jeune femme ne comprenait pas. Elle ferma les yeux quelques instants, puis les rouvrit et se redressa pour se remettre en position assise. Elle lança un regard reconnaissant à Dionysos et se leva pour se diriger vers la fenêtre, où on pouvait voir le soleil qui commençait à descendre à l'horizon.

Lorsqu'elle se tourna vers eux, elle avait un sourire espiègle sur le visage, comme un enfant qui venait de trouver un nouveau coup à faire.

— Et si on sortait s'amuser un peu?

— S'amuser? s'écrièrent d'une même voix les deux hommes.

— Oui, s'amuser, faire la fête. Vous devez savoir ce que c'est?

— Bien sûr, mais où veux-tu aller faire la fête? lui demanda Dionysos connaissant très bien la réponse.

— Je crois avoir remarqué sur notre route, des affiches annonçant une fête sur la plage ce soir, non?

— Ah! La fête en l'honneur de l'arrivée du jeune Pâris? questionna Achille avec un ton arrogant dans la voix.

Dionysos éclata d'un rire mélodieux et regarda Achille en secouant la tête d'un signe de découragement. La plupart savaient combien Achille détestait le frère d'Hector. Quelques-uns disaient que c'était parce qu'il était plus beau que lui, malgré la fausseté de cette affirmation, mais la grande majorité disait que c'était parce que Pâris lui avait enlevé son plus grand amour, la belle Hélène de Sparte. Cette dernière avait été l'amante du guerrier durant plusieurs mois, avant l'arrivée de cet homme.

Phalie regarda les deux hommes tour à tour et arrêta son regard sur son protecteur pour qu'il lui raconte l'histoire. Ce dernier braqua ses yeux sur Achille mais celui-ci se leva pour se diriger vers la cuisine.

— Cette histoire date de quelques années. Notre grand tombeur sortait avec plusieurs femmes, mais seulement l'une d'entre elles l'intéressait vraiment : Hélène. Il finit par en tomber amoureux et lui avouer son amour. Ils vécurent comme ça durant quelques mois, jusqu'au moment où Hector et Pâris de Troie arrivèrent à Phtie pour rencontrer Agamemnon.

Hélène fut contrainte, ainsi qu'Achille, d'assister à cette rencontre. Cependant, la soirée ne se passa pas comme ils l'avaient prévu, puisque Pâris ne cessait de jeter de langoureux regards vers Hélène. Achille les laissa faire, sachant qu'elle resterait avec lui, mais son assurance l'empêcha de trop se méfier. Vers la fin de la soirée, elle partit dans une pièce à l'étage, rapidement suivie par Pâris. Notre guerrier, quant à lui, se dit qu'il allait attendre sa belle chez lui, mais celle-ci ne revint pas. Il ne la vit pas le lendemain. Il ne sut la nouvelle que le surlendemain, par Agamemnon, qui l'informa que sa belle Hélène était partie, avec Hector et Pâris, vers Troie. Cette nouvelle mit Achille dans une colère noire et il ne pardonna jamais à Pâris et à sa belle de s'être enfuis ainsi.

— Que c'est triste pour lui…

Tout en prononçant ces paroles, elle jeta un regard affligé vers la cuisine. Elle resta seule avec Dionysos durant plusieurs minutes, avant que le guerrier ne se décide à revenir. Phalie lui sourit gentiment, mais ne perdit pas son idée d'aller à la fête. Ils discutèrent quelques minutes, les hommes essayant de lui faire oublier le moment du départ pour les réjouissances. Mais elle ne lâcha pas et, après plusieurs minutes, elle se leva d'un bond en souriant aux deux hommes.

— Je vais me préparer et vous devriez en faire de même, les hommes! lança-t-elle tout en quittant la pièce d'un pas joyeux.

Les hommes échangèrent un regard découragé, mais ne bougèrent pas. Phalie fouillait à deux mains dans ses valises à la recherche d'un bel ensemble. Elle finit par se décider et choisit de mettre un corset rose pâle assorti d'une jupe très légère de la même couleur. Après plusieurs minutes, elle se regarda dans la glace, replaça son collier en forme d'éclair et sortit tranquillement de sa chambre pour se rendre au salon, là où elle savait que les deux hommes se trouvaient.

Lorsqu'ils la virent arriver, ils se turent immédiatement, éblouis par la beauté qu'elle dégageait vêtue de la sorte. La jeune femme, satisfaite, fut toutefois légèrement intimidée par le silence qui régnait.

— Alors, est-ce que vous êtes prêts? leur demanda-t-elle la voix légèrement fébrile.

— Oh… oui, bien sûr… Tu es ravissante Phalie, lui dit Dionysos en se levant et en passant près d'elle pour sortir.

— Oui, il a raison… merveilleuse, continua Achille en l'embrassant sur la joue.

Ils marchèrent tranquillement dans la nuit fraîche et arrivèrent à la plage qui était déjà bondée. Une musique légère, entonnée par plusieurs musiciens installés dans un coin, résonnait dans l'espace.

Phalie fut subjuguée à la vue du spectacle qui s'offrait à elle. Elle s'arrêta, paniquée de se trouver devant tant d'inconnus. Elle sentit la main de Dionysos se glisser dans la sienne et vit Achille se mettre en retrait, ce qui l'apaisa instantanément. Ensemble, ils se faufilèrent dans la foule. Plusieurs personnes se tournèrent vers eux pour essayer de savoir qui était cette jeune inconnue qui se baladait avec les deux hommes connus de tous.

Un homme aux cheveux sombres se tenait au centre de la plage, en compagnie d'une femme d'une beauté sublime, aux longs cheveux blonds parfaitement en harmonie avec le bleu de ses yeux. Tous deux discutaient avec un autre couple dont l'homme, quoique moins âgé, ressemblait étrangement au premier.

Toutes les personnes se trouvant près de l'endroit

où ils se tenaient avaient le visage tourné vers eux. Cette fête avait été organisée en leur honneur, mais personne ne connaissait la raison exacte de ces festivités. C'était en fait l'annonce officielle de l'union entre Pâris et la belle Hélène de Sparte, la future reine de Troie. Hector, son frère, avait décidé d'organiser cette soirée pour eux, ici à Phtie, pour symboliser ce lieu où ils s'étaient rencontrés.

Les deux frères portèrent d'un même mouvement leur coupe de vin à leurs lèvres tout en discutant, tandis qu'Hélène parlait avec la femme d'Hector, en jetant de légers coups d'œil aux personnes rassemblées, comme si elle cherchait une personne en particulier.

Soudain, les visages se tournèrent vers l'entrée de la plage. Hélène fit de même et mit plusieurs secondes avant de voir ce qui attirait l'attention de tous ces gens. Elle sentit Pâris arriver derrière elle. Elle pouvait sentir son souffle chaud dans son cou.

— Qui sont ces trois personnes, Hector ? demanda-t-il en tournant la tête vers son frère derrière lui.

— Je ne sais pas qui est la jeune femme, mais un des hommes est Dionysos, et l'autre doit être Achille.

Pâris ne répondit pas et se contenta d'avancer,

d'un pas léger, vers les nouveaux arrivants. Il leur sourit tout en prenant la main de Phalie en y déposant un léger baiser, sans la quitter des yeux.

— Bienvenue, chère demoiselle. Je me nomme Pâris de Troie et voici la future Hélène de Troie.

Il avait prononcé le nom de la femme en jetant un regard vainqueur à Achille. Phalie capta le ton qui se voulait mesquin, et répliqua en retirant doucement sa main :

— Je suis Phalie, de Rome.

— De Rome ? Mais que faites-vous si loin de chez vous ? Voyage familial ?

— Je suis ici surtout pour affaires… J'ai plusieurs choses à régler avant de retourner à Rome.

Pâris hocha la tête en l'écoutant, et, à quelques reprises, ses yeux quittaient ceux de Phalie pour se diriger vers le corset de celle-ci. Il la trouvait ravissante et le lui démontra en lui caressant un bras tout en lui souriant. La jeune femme en fut quelque peu intimidée. Elle recula d'un pas et se rapprocha un peu plus de Dionysos. Elle jeta un coup d'œil à Achille et le vit discuter avec Hélène à quelques pas. Elle ne se rendit compte de son inattention que lorsqu'elle entendit la voix agacée de Dionysos.

— Est-ce que tu vas rester là à la regarder comme ça, ou vas-tu finir par lui sauter dessus ?

— De quoi te mêles-tu, Dio ? Ce n'est pas parce que tu es un dieu, que tu peux m'empêcher de faire ce que je veux.

— Peut-être, mais dois-je te rappeler que tu vas te marier avec une femme que tu es sensé aimer dans quelques jours. Alors, tu devrais t'occuper d'elle au lieu de cette femme qui t'est étrangère.

— Je sais très bien que je vais me marier, et ce, malgré ce que ton ami jaloux peut en penser, puisque c'est moi qui ai la fille… et que je l'aime plus que tout. Tu peux croire ce que tu veux, mais ton inconnue, même si elle est d'une beauté resplendissante, ne m'intéresse pas du tout. Je préfère la mienne.

Phalie remarqua qu'Hélène et Achille s'étaient éloignés l'un de l'autre, se rapprochant du groupe, contrairement aux deux autres hommes qui ne cessaient de se lancer des piques. Elle se pencha vers le guerrier et lui demanda comment il allait.

— Je vais bien, merci Phalie. Je ne comprends toujours pas sa décision, mais je la respecte.

— C'est le début d'une nouvelle aventure qui commence, Achille.

— Je ne vois pas pourquoi elle le préfère, lui…

— Il doit avoir des atouts que tu ne connais pas…

Un gémissement de douleur l'empêcha de continuer sa pensée. Ils se retournèrent et virent avec horreur les deux hommes en train de se battre. Phalie se précipita vers eux pour tenter de les arrêter. Elle se positionna au centre et regarda Dionysos en plaçant sa main sur son torse et l'autre devant Pâris.

— Voulez-vous bien me dire ce qui vous prend ?

— …

Cette absence de réponse était éloquente pour Phalie, mais elle ne fit aucun commentaire en voyant le frère de Pâris arriver près d'eux. Il mit une main sur l'épaule de son frère et le regarda : sa lèvre inférieure était fendue.

— Va faire nettoyer ça, c'est affreux pour une telle soirée…

Il lui avait parlé d'une voix sèche qui n'acceptait aucune réplique. Phalie reporta rapidement son attention sur le visage de Dionysos qui avait également la lèvre fendue et également l'œil gauche endolori. Elle caressait délicatement le contour de ses blessures qui commençaient à cicatriser quand Hector leur parla. Son ton de voix avait changé ; il était plus doux.

— Je suis navré pour cet incident. Mon frère devient

de plus en plus très mauvais joueur. Je sais que vous n'êtes pas en très bons termes depuis quelques années, mais je vous invite à rester et à vous amuser.

Phalie sourit à cet homme digne d'être un roi et inclina légèrement la tête. Quelques secondes plus tard, Hector était déjà retourné auprès de sa femme. Il jeta tout de même quelques regards vers eux pour voir s'ils restaient ou non, et lorsqu'il vit qu'ils ne bougeaient pas, un sourire apparut sur ses lèvres, puis il les oublia.

En tentant d'oublier le petit accrochage entre Pâris et Dionysos, les trois jeunes gens passèrent une très bonne soirée. Ils dansèrent, burent et parlèrent jusqu'aux petites heures du matin. La jeune femme ne cessait de rire et passa la grande majorité de la soirée accrochée aux bras de son protecteur. Alors qu'elle marchait pour retourner chez Dionysos, elle se dit qu'elle n'avait pas passé une soirée si réussie et en si bonne compagnie depuis très longtemps. Elle soupira de soulagement lorsqu'elle vit la lumière du porche. Elle était tellement épuisée, que tout ce qu'elle voulait pour le moment, c'était la chaleur du lit qui l'attendait. Elle se serra un peu plus contre Dionysos et ils montèrent tous les trois les escaliers menant au porche. Mais, alors qu'ils pénétraient dans la maison, elle remarqua qu'Achille s'était arrêté.

— Achille? Pourquoi ne rentres-tu pas?

Le guerrier mit quelques instants avant de répondre, faisant croire à la jeune femme qu'il était blessé. Elle s'approcha de lu, sans le quitter des yeux. Dionysos, quant à lui, resta dans l'embrasure de la porte, tout en sachant pourquoi son ami ne venait pas.

— Je dois partir, maintenant.

En disant ces mots, il avait levé vers l'Élue un visage peiné, mais souriant. Il prit son visage entre ses mains et la regarda dans les yeux.

— Tu as une mission à accomplir et je ne peux pas rester, tu dois demeurer avec Dio. Celui-ci va t'aider et t'apprendre tout ce que tu dois savoir sur cette mission et cette guerre que tu devras mener.

— Mais... tu peux quand même rester, non?

— Non, j'ai des choses à régler plus loin... Mais on se reverra Phalie. Je serai près de toi quand cette bataille éclatera. Je suis certain que tu vas mener à bien cette mission, et, de plus, tu as un protecteur extraordinaire... Gardez confiance en vous, Phalie...

— En nous? Je ne comprends pas...

— Un jour, tu comprendras.

Le guerrier embrassa le front de l'Élue et se

dirigea vers Dionysos à qui il sourit tout en lui tendant la main.

— Fais en sorte que mes paroles se réalisent, Dio. Prends bien soin d'elle… de la manière que tu veux, mais sois efficace.

— Ne t'inquiète pas pour nous, Achille. Va-t-en le cœur léger…

— Il ne sera léger qu'une fois cette histoire réglée. Et tu le sais…

Ils se serrèrent la main en souriant. Dionysos alla rejoindre Phalie qui pleurait en silence et ils regardèrent Achille qui, sans se retourner, partit vers un endroit qui était encore inconnu aux yeux de la jeune Élue.

7

Le lendemain, la jeune femme se réveilla tout doucement à l'heure des rayons du soleil levant. Elle sourit en sortant de sous ses couvertures pour se diriger vers la fenêtre qu'elle ouvrît. Elle soupira de soulagement lorsqu'elle sentit l'air frais du matin caresser sa peau à peine recouverte d'une nuisette de soie. Elle ferma les yeux, puis tendit la main à l'extérieur. Après quelques secondes, elle sentit un poids sur sa main. Elle ouvrit un œil, puis deux et ne fut pas du tout surprise de voir un oiseau doré sur son poignet.

Elle le fit entrer dans sa chambre et le plaça sur son lit, tout en le caressant avec son index. Puis, Phalie se dirigea vers sa penderie, où elle rangea tous les vêtements et accessoires qui se trouvaient encore dans ses valises, et ce, depuis maintenant quatre jours. Tout en s'affairant, elle discuta de sa vie, de ses amis qui l'attendaient à Rome et de sa nouvelle vie, ici.

Une fois que le rangement fut terminé et qu'elle se soit habillée convenablement, elle se sentit soulagée de s'être confiée à cet oiseau. Elle se sentait libérée… Phalie retourna vers son lit et laissa remonter l'oiseau sur sa main, pour aller le porter à l'air libre.

— Je ne sais pas si tu vas me croire folle, mais je suis presque sûre que tu as réellement entendu tout ce que j'ai dit. Allez, vole. Peut-être qu'un jour on se reverra.

Pour la seconde fois, elle tendit sa main à l'extérieur et regarda l'oiseau s'envoler, en chantant doucement. La jeune femme sourit et sortit de la pièce. Elle trouva Dionysos assis dans la cuisine qui avait l'air perdu dans ses pensées. Phalie s'approcha et s'assit en face de lui, en plaçant ses mains sur les siennes.

— Dio, que se passe-t-il?

— J'ai eu une étrange visite cette nuit, répondit-il avec une voix chevrotante. Aphrodite est venue me voir…

Sans connaître la raison exacte, Phalie ressentit de la jalousie. Elle se demandait ce que cette déesse de l'amour pouvait bien avoir de si important à communiquer à son protecteur en pleine nuit.

— Elle est venue me dire qu'elle trouvait que tu méritais de connaître l'une des raisons reliées à la mort de tes parents…

— Ainsi, tu savais pourquoi ils sont morts et tu ne m'en as rien dit! Pourquoi?

Il y avait une parcelle de colère dans sa voix et lorsqu'il l'a perçue, Dionysos releva la tête. Dans son regard, Phalie pouvait voir de la tristesse. Elle se demanda ce qui pouvait bien troubler son ami ainsi.

— J'ignorais totalement la raison. Tout ce dont j'étais au courant, je te l'ai dit… c'est-à-dire, très peu de choses. Aphrodite pense que tu es maintenant capable d'accepter la vérité et elle dit que tu auras besoin de cette vérité pour pouvoir utiliser tes pouvoirs comme il se doit et pour triompher de la raison de ta venue.

— D'accord, mais je t'en prie ne me fait pas attendre encore plus longtemps. Cela fait des années que je veux connaître la raison qu'avait ce monstre pour les tuer… des années que je cherche ce criminel, même si les soldats romains ont complètement oublié l'affaire depuis longtemps. Ils ont dit que la cause était inexplicable, qu'ils ne possédaient pas assez d'indices pour en venir à bout… Alors, s'il te plaît, dis-moi tout ce que tu sais,maintenant… Tout ce qu'elle t'a dit…

— Je sais que ces années ont été difficiles, Phalie… Ce que je vais te dire va peut-être te faire détester ce monstre, ce Mal…

— Je le déteste déjà. Ainsi, ce que tu t'apprêtes à me dévoiler ne changera pas beaucoup ce sentiment.

Phalie sourit à son ami, pour l'encourager. Elle pouvait voir dans ses yeux, la tristesse que lui procurait les détails des révélations livrées par Aphrodite.

— Aphrodite m'a seulement dit que tes parents attendaient un petit garçon… Elle avait passé la journée avec ta mère, avant que le drame se produise, et lui avait appris le sexe de l'enfant. Elle était enceinte de trois mois et ils voulaient te faire la surprise, avant de te border pour la nuit…

Lorsqu'il eut terminé de parler, il la regarda dans les yeux, mais n'y vit pas la lueur qu'elle avait eue plus tôt. Phalie était complètement perdue dans ses souvenirs.

La jeune fille se réveilla tôt cette journée-là en souriant. C'était son anniversaire. Elle avait maintenant huit ans et elle était fière, car maintenant elle pourrait manger avec ceux de son âge et non avec les bébés, comme elle aimait si bien les appeler. Elle se leva et se dirigea vers le couloir menant aux escaliers pour aller prendre son petit déjeuner, sachant très bien que ses parents s'y trouveraient.

Alors qu'elle descendait, toujours vêtue de sa chemise de nuit, elle pouvait entendre les voix de ses parents.

— Cillia, il faut lui faire la surprise, elle ne doit avoir aucun soupçon...

— Je sais tout ça, Mytho... On le lui dira seulement lorsqu'on ira la border ce soir.

Ses parents se turent lorsqu'ils entendirent la dernière marche craquer sous le poids de la jeune fille. Cette dernière en profita pour faire son apparition dans la cuisine. Sa mère vint immédiatement à sa rencontre et l'embrassa tendrement sur le front.

— Bon anniversaire, ma chérie... Comment te sens-tu ?

— Je me sens avec une année de plus qu'hier...

Les deux adultes partirent à rire, de même que la jeune fille. Elle était tellement contente d'être là, avec ses parents. Son père la fit asseoir à sa place, tandis que sa mère lui apportait son petit déjeuner. Mytho mangea avec elle, mais sa mère ne fit que s'installer près d'eux, ne pouvant rien avaler.

— Je n'ai pas très faim, j'ai grignoté en le préparant.

Elle disait souvent cette phrase, lorsque sa fille lui demandait la raison pour laquelle elle ne mangeait pas. Après plusieurs minutes à entendre le cliquetis des ustensiles, Cillia se leva de table et se dirigea vers la fenêtre en haut de la pompe à eau.

— Est-ce que Mina vient passer la journée ici, Phalie ?

— Oui, elle vient avec Payos…

— Bien. Vous allez passer la journée avec ton père, car je dois aller rencontrer une femme aujourd'hui…

— Tu ne passes pas la journée de mon anniversaire avec moi ?

La jeune fille avait parlé d'une voix triste. Elle savait que sa mère était très occupée. En effet, celle-ci devait souvent s'absenter, mais Phalie avait cru qu'elle ferait exception aujourd'hui.

Sa mère s'approcha d'elle et lui caressa doucement la joue. Au même moment, on frappa à la porte. Ce fut Mytho qui alla ouvrir, laissant les deux femmes de sa vie seules.

— Je sais que tu es triste, mais je vais revenir ce soir…

La dame que je dois rencontrer est déjà arrivée… Je suis désolée ma chérie.

Lorsque sa mère partit, la jeune fille se leva et se dirigea vers la fenêtre où Cillia se trouvait quelques instants plus tôt. Elle vit une très belle femme aux côtés de sa mère. Elle ne se rappelait pas l'avoir déjà vue, mais son incroyable beauté la laissa sans voix…

Phalie sourit à son ami qui se trouvait devant elle. Ce dernier fut soulagé de la voir revenir à elle. Il lui prit tendrement les mains et attendit patiemment qu'elle lui parle. Ce qui ne tarda pas.

— C'était donc ça la surprise dont ils parlaient… J'allais avoir un petit frère…

L'Élue était stupéfaite. Elle avait toujours cru que ses parents allaient lui dire qu'ils partiraient en voyage tous les trois pour voir sa grand-mère. Si rien ne s'était produit, elle aurait aujourd'hui un petit frère âgé de cinq ans. Mais il a fallu que cet être immonde vienne tout gâcher. Le visage qu'elle remonta vers celui de son protecteur n'était plus triste, mais bien rempli de haine… Une haine qu'elle n'avait jamais éprouvée jusqu'à aujourd'hui.

— Cet homme ne sortira pas vivant de cette guerre, c'est moi qui te le dis…

Tout en prononçant ces paroles, une énorme secousse se fit ressentir sur toute la ville. Le choc ne fut pas assez puissant pour que les bâtiments s'effondrent, mais cela en inquiéta tout de même plus d'un.

Phalie, qui n'avait aucunement senti cette vibration, fut surprise de voir Dionysos tenir la table. Ce dernier avait ressenti cette secousse de façon plus intense que les villageois de Phtie, car il était doté de plusieurs pouvoirs, dont celui de percevoir toute vibration dans l'air. Il sourit à la jeune femme devant lui, ce qui fit la fit revenir à elle.

— Pourquoi me souris-tu comme ça?

— Tu n'as rien senti?

— Qu'est-ce que j'étais censée ressentir comme ça? Que m'as-tu fait?

Elle avait prononcé la dernière phrase d'un air faussement apeuré et avec le sourire aux lèvres. Le dieu lui répondit aussi avec un sourire et d'un air aussi faussement indigné

— Moi? Mais je n'ai rien fait! Au contraire, c'est toi qui viens de créer un merveilleux tremblement…

— Quoi ? Je viens de faire quoi? Un tremblement?

84

Mon dieu, est-ce que tout le monde est sain et sauf ?

— Ne t'affole pas, ma chère... Ce n'est que le début des apparitions de tes pouvoirs. On va devoir se dépêcher à t'apprendre à contrôler tes émotions, car lorsque celles-ci sont trop fortes, tes dons prennent le dessus.

— Mais comment vais-je faire pour les contrôler ? Est-ce que c'est toi qui vas m'apprendre ?

— Je ne crois pas, mais il faut aller voir Zeus rapidement. Celui-ci devrait pouvoir tout t'expliquer.

— Alors, qu'attendons-nous ? Allons le voir maintenant... Je ne pourrai pas supporter le fait que mes pouvoirs peuvent se manifester comme ça, sans que je m'en rende compte.

Tout en parlant, la jeune femme s'était levée et avait commencé à faire les cents pas dans la cuisine. Elle était inquiète et totalement perdue. Elle ne savait plus du tout quoi faire. Puis, Dionysos se leva et alla se placer devant elle et, à l'aide de ses bras, tenta de la calmer.

— Écoute-moi, Phalie... On va d'abord manger, et ensuite on ira. Il est encore très tôt et nous avons encore plusieurs minutes devant nous avant qu'il ne soit prêt à nous recevoir. Sois patiente et il t'éclairera sur tout ce qui te paraît sombre.

Phalie hocha affirmativement la tête et se réinstalla sur sa chaise. Le dieu du vin en fit de même et leur fit apparaître un bon petit repas qu'ils mangèrent en silence.

8.

Lorsqu'elle pénétra pour la deuxième fois dans le hall majestueux du Royaume d'Olympe, Phalie se rapprocha de Dionysos et ressentit la présence de plusieurs personnes. Dionysos lui serra la main, lui fit un sourire rassurant et l'entraîna vers l'endroit où se trouvait Zeus ainsi que plusieurs autres.

Ils se retrouvèrent rapidement derrière un cercle formé de différents dieux, installés dans des fauteuils. La jeune femme reconnut Poséidon, Zeus, Artémis, Rhéa, Aphrodite ainsi qu'Héra, mais pas les trois autres : deux femmes et un homme. Le dieu du ciel s'approcha d'elle et l'invita à venir les rejoindre. Il la fit asseoir entre sa femme et lui.

— Mes amis, je vous présente celle que nous appelons Élue, Phalie de Rome.

Tous lui firent un sourire, en guise de salutations. Phalie se tint droite sur sa chaise, très mal à
l'aise face à toutes ces personnes.

— Phalie, je ne crois pas que tu connaisses tous ces
gens, n'est-ce pas ? Tu permets que je te tutoie ?

— Bien sûr. En effet, il y a trois personnes qui me
sont inconnues.

Zeus se dirigea vers la première des trois personnes : une femme, entièrement vêtue de feuilles vertes
et avec des cheveux d'un blond éclatant et bouclés.
Cette dernière lui fit un ravissant sourire.

— Phalie, je te présente Déméter. Elle est la déesse
des moissons et de l'agriculture. Tu risques de la croi-
ser une seconde fois, lors du parcours qui t'attend.

— Ravie de vous connaître, madame.

— Moi aussi, Élue. Mais ne m'appelle pas « madame » et ne me vouvoie pas. Ce serait plutôt à nous de
te vouvoyer.

Phalie hocha la tête. Elle ne savait pas si elle allait
s'habituer à se faire appeler « Élue » et à toujours être
accompagnée de ces êtres surnaturels, même si elle
aimait toute cette énergie se dégageant de chacun
d'eux. Le dieu du ciel se dirigea vers l'homme : il
était vêtu d'une armure noire qui contenait une épée
et tenait un casque noir dans ses mains. Il arborait

une petite moustache ainsi qu'un début de barbe, et avait des cheveux, aussi noirs que son armure, qui descendaient jusqu'à ses épaules.

— Voici Arès, le dieu de la guerre. C'était le protecteur de ta mère lorsqu'elle occupait ta place.

— Je suis vraiment désolé pour ce qui est arrivé…

— J'espère bien.

Elle regretta ses paroles aussitôt qu'elles furent sorties de sa bouche. Confuse, elle baissa immédiatement les yeux.

— Je suis désolée. Je n'aurais pas dû dire ça… Je sais que ce n'est pas de votre faute. Vous avez sûrement fait tout votre possible, pour leur venir en aide.

— En effet, mais tu as le droit de le dire et de le penser. C'est naturel de le voir ainsi… Je suis arrivé trop tard ce soir-là…

— Mais le temps presse. Passons maintenant à la dernière, mais non la moindre, coupa Zeus, en se dirigeant vers la seule femme qui restait.

Celle-ci avait de très longs cheveux bruns. Elle était vêtue d'une armure beige très fine et avait à ses pieds, un casque tout aussi beige que ses vêtements. Son visage étant franc et doux.

— Voici ma fille, Athéna. Elle a été la première protectrice des Élues. Donc, celle de ta grand-mère.

— Je ne peux pas dire grand-chose de plus... Sauf que tu me verras dans les rangs de ta future armée.

Phalie lui fit un sourire reconnaissant. Elle savait que toutes les personnes présentes auraient un rôle à jouer, soit près d'elle soit aux endroits où frapperait le Mal. Elle regarda attentivement chaque visage présent. Tous avaient l'air sérieux, sauf Dionysos qui lui fit un clin d'œil lorsqu'il croisa son regard.

Elle reporta son attention sur Zeus, puisque celui-ci reprenait la parole.

— Les présentations maintenant faites, nous allons pouvoir passer au but premier : la visite de l'Élue à Olympe.

Sur ce, le dieu se tourna vers elle. Phalie le regarda en ne comprenant pas immédiatement où il voulait en venir. Elle repensa aux dernières paroles prononcées et sourit.

— Je veux tout savoir... tout ce qui concerne les Élues, la mort de mes parents et de mon frère, tous les détails de ce que vous faites. Je veux tout connaître, afin de mieux comprendre mon destin.

Lorsqu'elle eut terminé, plusieurs chuchotements confus se firent entendre de tous les côtés. Zeus leva la main et tous se turent.

— Elle a le droit de savoir...

— Mais nous ne l'avons même pas fait pour les précédentes, alors pourquoi elle plus que les autres ? s'interposa fougueusement Déméter.

— Les autres sont mortes, justement parce qu'elles n'en savaient que très peu sur nos agissement, lui répondit Arès d'une voix grave.

— Peut-être, mais elle n'a pas à tout savoir. Certaines choses pourraient très bien la perturber et ainsi la mener à sa perte.

— On voit toute la confiance que tu lui portes, Déméter. C'est ça qui est inquiétant... Tu devrais peut-être te demander quel est réellement ton camp...

— Arès, ça suffit ! Je ne te permets pas de critiquer ma fille ! s'écria Rhéa. Elle a le droit de ne pas vouloir qu'on lui révèle tout et ça ne veut pas dire qu'elle n'est pas avec nous...

— Allons, calmez-vous... Ça ne sert absolument à rien de se mettre en colère. Vous n'êtes peut-être pas tous d'accord avec cette décision, mais si l'Élue nous fait la demande pour connaître toute l'histoire, nous devons la lui dire.

— Je suis d'accord avec toi, Zeus, coupa sa femme, Rhéa. Seulement, il y a des choses qu'elle devra apprendre par elle-même.

Tous acquiescèrent à cette idée. L'Élue pouvait

savoir, mais pas tout. Durant ce temps, la jeune femme ne put émettre son opinion, puisque lorsqu'elle voulait prononcer une phrase, aucun son ne sortait, car elle était trop intimidée. Après plusieurs tentatives, elle laissa tomber et resta frustrée.

— Maintenant que tout est réglé, nous pouvons commencer. Phalie, veux-tu toujours connaître l'histoire concernant la mort de tes parents?

— …Oui.

Elle n'était guère étonnée de voir que sa voix était revenue, puisqu'elle se doutait bien que le sort dont elle avait été victime n'était apparu que pour éviter de compliquer la situation.

Zeus s'installa à ses côtés pour commencer son récit.

— Si tu te souviens bien, lors de ta première visite, je t'ai dit que nous veillons sur les Élues. Seulement, je ne t'ai pas expliqué la manière employée. J'utilise ce qu'on appelle l'*Eau des Cieux*. Cette eau est dans une bassine, et celle-ci me permet de garder un œil attentif sur vous, en tout temps, ainsi que de suivre les pas de ta mère, de ta grand-mère et des tiens durant toute votre vie, et ce, peu importe l'endroit où vous êtes… Mais ne t'inquiètes pas, je respecte ton intimité, évidemment!

Phalie était surprise d'entendre ces dernières paroles, puisqu'elle s'était justement demandée, s'il les voyait partout, et ce, dans chaque pièce. Elle sentit ses joues s'empourprer, lorsqu'il continua :

— Je suis également capable de lire dans les pensées de plusieurs d'entre nous, dont toi. Tu l'as sans doute remarqué… chaque personne possède des vibrations autour d'elle, quoique totalement différentes pour chacune. C'est de cette manière que nous avons su que tu approchais.

— Alors, si chaque personne est différente, comment cela se fait-il que vous n'ayez pas senti l'homme arriver dans ma maison avant qu'il ne soit trop tard ?

— J'y arrive… Je suis le seul, avec plusieurs de mes enfants, qui peut vous surveiller à l'intérieur de votre maison, que ce soit par les airs ou par la Terre. Bien sûr, ils ne le font pas de trop près, afin de ne pas vous mettre mal à l'aise dans votre vie sociale.

Il prit une pause pour regarder tous les visages présents. Tous avaient l'air accablés et tous se remémoraient cette journée si dramatique pour leur avenir. Phalie, quant à elle, essayait de garder un air neutre, voire froid, pour ne pas se laisser envelopper par la haine et la tristesse qui la rongeaient.

— Passons à cette journée… D'abord, au matin, je devais rencontrer mon frère Hadès pour une urgence, disait-il. Je suis parti très tôt pour le rencontrer, mais il n'était pas à l'endroit de notre rendez-vous. J'ai attendu une heure et finalement j'ai rebroussé chemin. Lorsque je suis arrivé, il n'y avait plus personne dans le Royaume, tout le monde avait disparu! Je me suis dirigé vers ici. Et il était là… Avec ma femme, ligotée à un fauteuil. Je lui ai demandé ce qu'il faisait et ce qu'il comptait faire, mais il m'a demandé de l'écouter parler, sans bouger. Il m'a alors appris qu'il allait s'introduire dans votre maison pour… Vous le savez tous très bien! Lorsque j'ai voulu intervenir pour prévenir vos parents, il m'a lancé un sort et j'ai frappé un mur. Ensuite, ce fut le noir complet. Lorsque j'ai ouvert à nouveau les yeux, j'étais dans une pièce très froide et sombre. Je me trouvais dans les donjons… J'ai finalement réussi à en sortir, mais il faisait déjà noir. Je savais qu'Hadès ne pourrait pas accomplir son plan avant la fin de la journée, puisque ta mère était avec Aphrodite. J'espérais avoir encore du temps, seulement j'ai bien vite remarqué qu'il était trop tard. J'ai envoyé Poséidon et Athéna sur les lieux, mais les Romains, qui se trouvaient à proximité de votre maison, avaient déjà tout em-

porté, ils avaient même amené leur jeune fille apeurée. Ce dieu est beaucoup plus fort qu'on aurait pu
l'imaginer, avec toute cette haine, cette colère et
cette noirceur qui l'habitent.

— Alors, c'est comme cela que tout s'est produit de
votre côté? C'est donc, Hadès qui a tué mes parents
et mes grands-parents?

— Oui, c'est lui… Nous n'avons pas pu arriver à
temps. Je suis vraiment désolé…

Phalie comprenait. Elle pouvait comprendre…
Mais Zeus ne devait pas être plus puissant que tous
les autres? N'est-ce pas pour cela qu'il était le dieu
du ciel? Pour sa grande puissance? Alors, si c'était le
cas, comment pouvait-il avoir échoué face à un autre
dieu, lequel semblait être moins puissant que lui?
Pourquoi avait-il besoin d'une Élue pour les sauver?

— Nous ne pouvons pas l'abattre nous-mêmes pour
deux raisons, commença Zeus, en tournant vers elle
un regard affligé.

— La première, c'est qu'il utilise une magie qui est
beaucoup plus puissante que la nôtre; celle de la
haine et de la colère, enchaîna Arès en la fixant droit
dans ses yeux mauves.

— La deuxième concerne la prophétie. Nous ne
pouvons rien contre les prophéties, et ce, même si

nous le savons depuis très longtemps. Contourner les dires d'un oracle serait encore pire. Plusieurs de nos confrères sont morts en tentant de tuer Hadès, continua Aphrodite en s'approchant pour s'agenouiller devant elle. Je te prie de nous aider, car je sais que ça ne sera pas facile…

— Je sais que tu as suffisamment souffert, mais j'ai bien peur que tes souffrances ne soient pas terminées, conclut Déméter en lui faisant un sourire crispé.

Phalie savait très bien qu'elle ne pourrait pas partir, sans avoir triomphé de la raison de sa venue. Elle se souvint des paroles qu'elle avait dites à son amie Mina : « Je ne reviendrai pas avant d'avoir tué ce minable qui a fait de ma famille ce qu'elle est… » C'est pourquoi elle se leva en priant la déesse Aphrodite à faire de même et regarda chaque visage un par un.

— Je suis venue ici dans un but bien précis, soit celui de tuer l'être immonde qui a détruit ma famille… Et je ne partirai pas sans l'avoir accompli correctement…

Tous les dieux l'applaudirent. Puis, la plupart disparurent. Il ne restait que Zeus, Dionysos, Arès et elle.

— Phalie, comme tu as pu le remarquer, tes pouvoirs ont commencé à faire leur apparition et connaissant comment cela s'est déroulé avec les précédentes, nous avons décidé de te confier un second protecteur.

— Pourquoi cela?

— Parce que tu as besoin d'apprendre le combat et de maîtriser ta magie. Ce que Dionysos ne peut pas faire totalement seul, puisqu'il a lui-même de la difficulté à contenir ses propres émotions.

En disant cette dernière phrase, Zeus avait regardé le jeune homme en souriant d'un air moqueur. Dionysos baissa les yeux en rougissant, tandis qu'Arès éclata d'un rire spontané.

— Donc, mon autre protecteur serait Arès, c'est ça? Mais pourquoi les avoir choisis?

— Nous avons choisi Dio, simplement parce qu'il possède plusieurs points communs avec toi... et Arès, parce qu'il a protégé ta mère et qu'il est le mieux placé pour savoir quoi faire en temps de guerre.

Phalie hocha la tête, affirmativement. Elle ferait de son mieux pour suivre les instructions, mais elle ne se sentait pas prête à accomplir toutes les choses demandées.

— C'est d'accord pour Arès!

— Bien, dans ce cas, tu devras partir bientôt, à la recherche d'alliés... Mais avant tout, tu devras apprendre à te maîtriser...

9.

Ils réapparurent tous les trois devant la Muraille des Dieux, après les indications de Zeus quant à l'itinéraire. La jeune femme tenait la main de Dionysos lorsqu'elle ressentit une quatrième présence près d'eux. Ils se retournèrent et aperçurent un homme imposant avec une chevelure de feu. Ce dernier leur fit un sourire machiavélique et s'avança vers eux à quelques pas de Phalie. Arès se tenait légèrement en retrait et regardait la scène, tandis que Dionysos était aux côtés de la jeune femme, lui tenant toujours la main, prêt à intervenir.

— Vous êtes très bien entourée, mademoiselle... Quel est votre nom ?

— Réfléchissez et vous le trouverez, Hadès.

— Ah ! Je sais qui vous êtes. Je ne connais pas votre nom, mais ceux de vos parents du moins... Mytho et Cillia, des personnes sublimes, surtout la femme. Je crois qu'ils sont morts, mais on dirait que la mémoire me fait défaut car je ne vois pas pourquoi…

— Vous les avez tués, pauvre fou!

La jeune femme était rouge de colère. Elle avait de la difficulté à se contenir. On pouvait sentir le sol trembler sous leurs pieds, de même qu'une énorme bourrasque de vent, laquelle fit perdre pied à Hadès. Phalie vint pour s'avancer d'un pas, mais elle fut arrêtée par Arès qui lui maintenait le bras. Elle lui lança un regard des plus noir et essaya de se dégager, mais en vain. Durant ce temps, le dieu des morts se relevait avec un air furieux.

— Tu n'es pas prête à cela, Phalie… Ressaisis-toi, lui murmura Arès.

— Tu voudrais que je le laisse filer comme ça, alors que je l'ai devant moi… Il a tué mes parents!

— Oui, neveu, laisse-la donc faire… Qu'elle vienne vers moi pour que je puisse continuer ce que j'ai commencé dix ans plus tôt. Qu'elle vienne subir le même sort que sa pauvre mère…

Phalie n'écoutait plus les paroles du dieu. Elle se dégagea de la poigne d'Arès et fila vers Hadès. Sans réfléchir, elle tendit la main et une lumière verte partit en flèche vers l'homme, ainsi que dans trois autres directions qu'elle ne put contrôler. Au même instant, tout s'arrêta et la jeune fille tomba à genoux. De ce fait, elle ne vit pas la boule noire qui se dirigeait vers elle à une vitesse alarmante. Dionysos et Arès s'élancèrent pour l'enlever et faire disparaître cette magie, mais trop tard… La jeune femme la reçut, comme dix ans auparavant, et s'effondra sur le sol.

— Tu es malade, Hadès! s'écria Dionysos, tout en s'accroupissant aux côtés de l'Élue.

Hadès laissa échapper un petit bruit semblable à un rire, leur tourna le dos, et se volatilisa.

Les deux hommes essayèrent de réveiller la jeune femme, sans grand succès. Arès la souleva dans ses bras et prit la direction de la maison de Dionysos, en silence. Le dieu du vin était désemparé à l'idée que la jeune femme soit grièvement blessée, puisque c'était lui qui devait la protéger de tout danger et que cette fois-ci il avait failli à sa tâche.

Lorsqu'ils eurent atteint la maison, ils installèrent l'Élue sur son lit et la recouvrirent doucement. Arès donna plusieurs ordres à Dionysos, que ce dernier se pressa d'accomplir. Après que Dionysos eut apporté la petite bassine d'eau froide demandée, Arès enleva son armure, puis déchira un pan d'une des couvertures recouvrant le lit, le mouilla et épongea le visage de la jeune femme.

— Va chercher des serviettes.

Alors qu'il se trouvait dans la salle de bain, Dionysos entendit un petit coup frappé à la fenêtre. Il alla ouvrir et vit un petit oiseau doré avec un rouleau de parchemin accroché à l'une de ses pattes. Dionysos voulut l'enlever, mais l'oiseau fit un bond dans la pièce.

— Allez, laisse-moi prendre ce parchemin. Je ne le lirai pas, puisqu'il ne doit pas m'être destiné…

Il réussit à prendre l'oiseau dans ses mains et à lui détacher le rouleau délicatement, afin de ne pas le brusquer, tout en se dirigeant vers la cuisine, pour lui donner un morceau de pain. Puis, il regarda le sceau bleu et l'écriture fine qui se trouvaient sur le dessus du rouleau : *Ma Phalie de Rome.* De qui cela pouvait-il bien provenir ? Il fut tenté de l'ouvrir, mais plaça le parchemin sur la table et retourna dans la salle de bain, où il fit partir l'oiseau. Par la suite, il prit quelques serviettes et retourna dans la chambre de Phalie, où Arès était toujours accroupi auprès d'elle. Ce dernier tourna la tête, lorsque le protecteur de la jeune femme entra la pièce.

— Tu en as mis du temps…

Il prit les serviettes que lui tendait le jeune homme, en humecta une et l'étendit sur le front de l'Élue, sous le regard vigilant de Dionysos.

— Elle a eu une hausse de température et je dois absolument la faire baisser, avant que ça ne dégénère.

Lorsqu'elle rouvrit les yeux, la première chose qu'elle vit fut le noir complet. Elle leva la main pour enlever la serviette humide qui se trouvait sur son front et se redressa en position assise. Lorsqu'elle voulut se lever, elle fut prise d'un étourdissement qui lui fit perdre l'équilibre et tomba assise sur son lit, une main sur le front. C'est à ce moment que la porte s'ouvrit pour laisser passer les deux hommes.

Dionysos se dirigea vers elle de façon fulgurante, pendant qu'Arès alla vers la bassine pour mouiller un linge, qu'il tendit par la suite à la jeune femme. Cette dernière le prit en leur lançant à tous les deux un regard reconnaissant.

— Ça fait longtemps que je suis allongée là?

— Plusieurs heures... lui répondit Dionysos en s'installant à ses côtés.

— Est-ce que tu as faim, Phalie? lui demanda Arès

en lui tendant une petite assiette remplie de victuailles.

Phalie le remercia, prit l'assiette et commença à manger tranquillement. Lorsqu'elle eut terminé, Dionysos lui tendit le parchemin qui était arrivé quelques heures plus tôt. Elle ignorait qui pouvait bien lui écrire, puisqu'elle n'avait encore envoyé aucune nouvelle.

— Il était accroché à la patte d'un oiseau doré, lui expliqua son protecteur qui avait très bien perçu l'incertitude de la jeune femme.

Elle hocha la tête et déroula le parchemin. Phalie reconnut immédiatement l'écriture de sa tante Syrie. Mais de quelle façon avait-elle su comment la rejoindre ? Mais, elle se dit qu'il n'y avait rien d'anormal, puisque sa tante devait la connaître, mieux que quiconque. Elle haussa les épaules et commença la lecture.

Ma chère Phalie de Rome,

Je ne sais pas à quel endroit tu te trouves, mais j'espère que tu sais ce que tu fais, car, ici, tu manques à tout le monde. Ton amie Mina ne cesse de venir voir si tu nous as donné de tes nouvelles. Elle s'inquiète, tout comme ton oncle et moi. Je ne regrette pas du tout de t'avoir dit de suivre ce que te dictait ton cœur, même si après cela, tu es partie… J'ignore si tu vas recevoir cette lettre, mais il y avait ce petit oiseau doré qui n'arrêtait pas de gazouiller à ma fenêtre. Il a tout à coup cessé lorsque j'ai pris ma plume et ce parchemin. Je tiens à te dire que je t'aime et que je suis et serai toujours fière de toi, tout comme tes parents le seraient aujourd'hui… Courage… Suis ton cœur…

Ta tante Syrie

Phalie ne savait pas pourquoi, mais le fait que sa tante lui ait dit que son amie pensait à elle l'avait émue. Elle s'ennuyait beaucoup de son amie, mais elle savait qu'elle ne pourrait pas lui écrire, comme elle ne pourrait pas répondre à la lettre de sa tante.

— Phalie, tu sais que tu ne pourras pas lui répondre, n'est-ce pas ? lui demanda Arès. Tu pourrais les mettre en danger autant que toi, si cette lettre venait à être interceptée…

— Oui, je sais… Je pensais justement à cela.

La jeune femme était triste, mais elle savait que lorsque son combat serait terminé, elle pourrait les voir aisément, sans se préoccuper des dangers.

— Alors, il faut agir rapidement… On se mettra à l'œuvre au lever du soleil…

— Tu as raison. Seulement, nous allons devoir partir… On ne peut rien faire ici, répondit Arès.

105

— Pourquoi cela?

— Parce que cette maison n'est pas protégée et qu'on pourrait se faire rapidement repérer par n'importe quel serviteur d'Hadès. Par contre, je connais un endroit sécuritaire.

— Est-ce qu'on peut savoir où il se trouve?

Le dieu de la guerre ne répondit pas et sortit de la pièce, en leur disant de n'apporter que le nécessaire. Dionysos resta près de Phalie, mais ne prononça aucun mot. Après plusieurs minutes, il se tourna vers elle et la força à le regarder, en plaçant sa main sous son menton. Il n'en pouvait plus, de rester là à ne rien faire et à essayer de comprendre la raison de son silence. Il la regarda droit dans les yeux et approcha son visage du sien, très lentement. Voyant qu'elle ne bougeait pas, il pressa ses lèvres sur les siennes. La jeune femme ferma les yeux, mais après quelques secondes, elle le repoussa, le regard peiné. Elle recula d'un pas, avant d'expliquer :

— Je suis désolée, Dio, mais je ne suis pas prête à m'engager, pour le moment. Avec toute cette histoire de prophétie, j'ai de la difficulté à m'y retrouver…

Dionysos mit ses mains sur les épaules de la jeune femme et lui fit un sourire charmeur, avant de se pencher vers son oreille pour lui chuchoter :

— Dors bien, ma belle… Ne t'inquiètes pas, je comprends…

Puis, il sortit de la même manière qu'Arès avant lui, laissant la jeune femme avec ses sentiments. Elle soupira et se laisser tomber sur son lit, où elle se rendormit paisiblement, le sourire figé sur ses lèvres.

10.

Le lendemain, la jeune femme se réveilla très tôt, alors que le soleil n'était pas encore levé. Elle sortit de son lit et se dirigea vers la salle de bain avec toutes ses affaires. Une fois à l'intérieur, elle se regarda dans la glace et grimaça un sourire crispé, à la vue de ses cheveux verts, frisés et ébouriffés du matin. Elle se dirigea vers la bassine qu'elle commença à remplir d'eau chaude. Une fois ce travail fait, elle se déshabilla et se glissa dans l'eau. La jeune femme soupira d'aise et se détendit. Elle avait vécu tant de tensions durant les derniers jours, qu'elle avait les muscles endoloris, et l'approche de leur départ ne l'avait pas vraiment aidé à décompresser. Elle se lava les cheveux et le corps sans se presser.

Elle demeura dans l'eau jusqu'au moment où celle-ci devint très froide. Une fois sortie de la baignoire, elle passa un peignoir d'un blanc ivoire, puis retourna vers la glace, où elle commença à démêler sa longue chevelure frisée.

Plusieurs minutes plus tard, elle sortit de la pièce vêtue d'une magnifique et légère tunique dorienne, d'un rose très pâle, à manches courtes et à pantalons. Elle retourna porter son linge de la veille dans sa chambre, où elle commença à ramasser ses affaires et à les remettre dans ses valises, afin que tout soit prêt à son retour...

Alors qu'elle se préparait à se diriger vers la cuisine, où elle devait rejoindre les deux hommes, elle entendit frapper à sa porte.

— Phalie, est-ce que tu es prête? Parce que nous, on l'est, et nous voudrions partir bientôt, questionna Dionysos, de l'autre côté.

— Oui, oui... Je sors.

Tout en prononçant ces paroles, elle ouvrit la porte, regarda Dionysos et lui fit un magnifique sourire. Puis ils se dirigèrent vers la cuisine, son estomac criant famine. Phalie salua Arès, lequel était déjà en train de manger. Ce dernier lui sourit et retourna à son assiette.

Ils ne quittèrent la maison de Dionysos qu'à peine une heure plus tard, avec presque rien, soit quelques capes, des couvertures ainsi qu'un léger sac de provisions.

— On a plein de choses à voir durant notre ascension, en plus de faire la rencontre de celui qui t'apprendra correctement ce que tu dois savoir, lança Arès quelques instants plus tard.

Ils traversèrent une énorme rivière gorgée d'immenses rapides. Après deux jours, ils arrivèrent dans un champ, où s'élevaient de très longues herbes. Avant de s'y aventurer, Arès prit la main de Phalie et dit :

— Il ne faut en aucun cas se lâcher. Il faut absolument rester tous les trois ensemble.

Ils hochèrent la tête et avancèrent tranquillement, en essayant de contourner toutes les couleuvres, qui se trouvaient entre les herbes. Après plusieurs minutes de marche, Phalie perdit pied en voulant empêcher une couleuvre de lui mordre la jambe. La jeune femme resta au sol, tenant toujours les mains de ses compagnons.

— Phalie, est-ce que ça va ? lança Arès en s'accroupissant près d'elle.

— Au moins, tu n'as pas lâché nos mains, dit à son tour Dionysos en riant.

Phalie essaya de se relever, en s'aidant avec la

main de Dionysos, mais elle émit un petit gémissement et s'appuya sur le jeune homme, pour empêcher son pied de toucher le sol.

— Je crois que je viens de me faire une entorse.

— C'est fort possible… Laisse-moi voir, exigea Arès
en s'agenouillant auprès d'elle.

— Ce n'est pas nécessaire, je vais bien. Conti-
nuons.

— Laisse au moins le temps à Arès de te faire un
bandage, afin que ton entorse ne s'aggrave pas, lança
Dionysos sur un ton de reproche.

— D'accord, répondit-elle, voyant qu'elle n'avait
guère le choix.

Une fois qu'il eut terminé, Arès reprit la main
de la jeune femme et continua d'avancer, très lentement. Phalie essayait de faire de même, sans trop
appuyer sur son pied. Elle se doutait bien qu'elle les
ralentissait. Cependant, elle pouvait sentir que la
douleur diminuait, grâce aux bons soins du dieu de
la guerre.

Soudain, Arès s'arrêta, ce qui fit sursauter la jeune femme et le jeune homme, derrière.

— Ne bougez plus et taisez-vous, chuchota-t-il.

Phalie avait de la difficulté à rester debout, mais
elle pouvait tout de même voir ce qui se passait de-

vant eux : plusieurs hommes en armure noire marchaient dans les champs, en tirant des paysans par les bras, les jambes et même par les cheveux. Phalie détourna son attention vers deux autres hommes. L'un deux maintenait une femme au sol, tandis que l'autre tenait fermement un jeune garçon et le forçait à regarder la scène, devant lui. Le premier des deux hommes releva la jupe de la femme et se positionna entre ses jambes, pour commencer des va-et-vient rapides. La femme pleurait et se débattait, alors que le garçon essayait de détourner la tête, mais en vain.

Phalie, n'en pouvant plus de regarder, sentit une colère noire monter en elle. Un grand vent circulaire se leva et balaya les grandes herbes tout autour. Phalie amorça un mouvement pour tenter d'aider la femme, mais Dionysos la saisit par les hanches. Quant à Arès, il lui mit une main sur la bouche, étouffant ainsi le cri de rage qu'elle s'apprêtait à lancer. Il lui fit signe de se taire et enleva sa main.

Arès leva la main, paume vers le sol, et un serpent se faufila entre les herbes. Quelques instants plus tard, on entendit un cri provenant des quatre personnes se tenant à l'ouest. Aucun des hommes qui marchaient vers l'est ne s'arrêta pour voir qui avait poussé ce cri. Tous continuèrent leur chemin

accompagnés des paysans. Phalie vit l'homme se relever et sortir une dague qu'il planta dans le serpent
puis, dans la seconde suivante, la cloua dans la tête
de la femme. Il remonta ses pantalons, fit un signe
à son compagnon et partit dans la même direction
que les autres, rapidement suivi par le guerrier et le
petit garçon qui semblait totalement perdu.

— Est-ce que tu vas bien, Phalie ? demanda Dionysos.

— Oui… Avez-vous vu ce qu'ils ont fait ?

— Nous étions là, Phalie …

— Alors, pourquoi m'avoir arrêtée ? J'aurais certainement pu empêcher le triste sort qui était réservé à
cette femme et cet enfant.

— Tu crois vraiment que tu aurais pu contrôler tes
pouvoirs suffisamment pour ne pas te tromper de
cible ? Pour ne blesser que les guerriers de l'ombre et
non pas la femme ou le fils ? continua Arès d'un ton
doux.

— Tu as sans doute raison… Je n'ai pas encore la
capacité de faire ce genre de choses.

— Bon… Est-ce que tu peux toujours marcher,
Phalie ?

— Je crois bien, mais je vous ralentis plus qu'autre
chose.

— Ne t'inquiète pas pour ça, je vais te porter...

— C'est une bonne idée, Arès... Comme ça, nous avancerons plus rapidement pour atteindre le premier objectif de Zeus : la maison du vieillard.

Arès prit Phalie, laquelle protestait légèrement dans ses bras.

— Je veux marcher. Je vais bien, je vous le jure!

Phalie demeura dans les bras d'Arès, jusqu'à la tombée de la nuit. Elle avait fini par s'endormir et Dionysos était tellement fatigué qu'ils durent s'arrêter pour la nuit, ce qui allait retarder leur arrivée chez le vieil homme. Dionysos, qui avait sorti quelques couvertures, installa Phalie sur une petite montagne de foin et la recouvrit. Le dieu du vin alla se coucher pour laisser Arès veiller sur eux une partie de la nuit.

Phalie se réveilla à l'aube. Arès dormait toujours, mais Dionysos était assis près du feu et surveillait. Lorsqu'il la vit, il lui sourit et l'invita à s'asseoir auprès de lui.

— Est-ce que tu as froid? Et ta cheville, comment va-t-elle?

— Elle va mieux, merci.

Elle alla s'asseoir à ses côtés et plaça sa tête sur son épaule. Ce dernier passa une main autour de sa taille et la serra contre lui. La jeune femme n'avait pas cessé de rêver à la scène qu'elle avait vue la veille, et avait grandement besoin de sentir qu'elle n'était pas seule. Ils restèrent ainsi, jusqu'au réveil d'Arès. Par la suite, ils repartirent tous en direction de la maison du vieillard, après avoir mangé quelques fruits frais. Phalie pouvait marcher correctement et lorsqu'elle en demanda la raison à Arès, ce dernier haussa les épaules et lui sourit, comme si de rien n'était…

Ils ne cessèrent de marcher que lorsqu'ils furent arrivés chez le vieillard. Phalie était légèrement fatiguée d'avoir autant marché, mais elle ne le laissa pas paraître. Elle monta les escaliers menant au porche de la maison derrière les deux hommes.

Quand ils frappèrent à la porte, celle-ci s'ouvrit d'elle-même. Phalie entra la première et appela le vieillard. Tout était parfaitement silencieux.

— Monsieur ? Il y a quelqu'un ?

Les deux hommes la rejoignirent et regardèrent à l'intérieur de la maison. Aucun doute, il n'y avait personne. Phalie monta à l'étage puis entra dans une chambre, mais il n'y avait rien, à part des objets étalés sur le sol. Elle alla dans la salle de bain et soudain elle se précipita, en criant aux autres :

— Venez ! Je l'ai trouvé ! Je crois qu'il…

Dionysos arriva en premier, suivi aussitôt d'Arès. Ce dernier exigea que Phalie sorte, ce que Dionysos s'empressa d'accomplir, sachant que le dieu de la guerre allait faire disparaître le corps. Il conduisit la jeune femme dans la cuisine, où il l'installa sur une chaise. Il lui prit la main et lui fit un sourire forcé. Ils gardèrent tous les deux le silence, jusqu'au moment où Arès revint, avec un bracelet entre ses doigts.

— Mets-le-lui. C'est le bracelet qu'il avait préparé pour elle.

— Tu crois qu'on doit lui donner, maintenant ?

— Bien sûr que vous pouvez me le donner. Je vais très bien, seulement, j'ignore à quoi il sert.

— Tu vas pouvoir maîtriser tes pouvoirs avec ça, lui répondit Dionysos, en attachant le bracelet à son poignet.

— Mais comment ?

— Il génère ton énergie en un seul endroit, ce qui fait que si tu ne veux pas les utiliser, ils n'agiront pas contre ta volonté. Le bracelet est là pour canaliser tes pouvoirs, répondit Arès. C'est ce qui va te permettre d'être plus forte.

Phalie avait tellement mal qu'elle perdit connaissance. Et ce fut le trou noir. Lorsqu'elle se réveilla, elle fut éblouie par la blancheur de la lumière. Elle referma immédiatement les yeux, puis les rouvrit lorsqu'elle entendit la porte grincer. Ce fut seulement à ce moment que la jeune femme remarqua l'endroit : elle était dans une pièce entièrement blanche, et le lit, sur lequel elle se trouvait, était de la même couleur. Une femme s'approcha d'elle et tâta son pouls.

— Où suis-je ?

— Tu es dans un hôpital, ma grande ! répondit l'infirmière.

— Pourquoi ? Ce n'est pas moi qui devrais être ici. Mes parents ont encore plus besoin de soins que moi... Où sont-ils ?

— Tes parents ont eu un étrange accident, dans ta maison... Ils ne sont plus ici, ils sont dans un autre monde, maintenant, lui répondit l'infirmière, très doucement.

— Je veux mes parents, lança Phalie en pleurant... Ils ne sont pas morts ! Ils sont plus forts que tous les autres parents du monde !

L'infirmière s'approcha de Phalie, la serra dans ses bras et la laissa pleurer, en la berçant délicatement. Elle ne savait pas ce qui s'était passé dans cette maison, mais les soldats avaient déjà conclu l'affaire : drame conjugal ; un époux tue sa femme enceinte, avant de s'enlever lui-même la vie.

— Nous t'avons trouvé une nouvelle famille... C'est ta tante Syrie et ton oncle Prédès ! annonça l'infirmière toujours inquiète.

La femme fit entrer deux personnes : un homme et une femme. Lorsqu'ils aperçurent la petite fille aux yeux rougis et à la chevelure verte, leurs visages sévères se transformèrent en un joli sourire. La dame s'approcha et lui tendit une main remplie de bagues, mais une seule attira son attention : elle était formée d'une flamme noire et d'un tout petit couteau. Son oncle en portait une, également.

— Nous serons une véritable famille maintenant, déclara la femme en souriant à l'infirmière.

II.

*P*halie se réveilla en sursaut, couverte de sueur. Elle se rappelait exactement de cette journée ainsi que du regard de sa tante lorsque celle-ci avait prononcé cette phrase. Sur le moment, elle n'avait rien dit, croyant que ce sourire était sincère. Seulement, maintenant, elle en était beaucoup moins certaine… L'insouciance de sa jeunesse avait disparue.

Elle secoua la tête tout en se redressant sur son lit, et remarqua que Dionysos était auprès d'elle et qu'il lui tenait la main, l'air inquiet. Lorsqu'elle eut repris complètement ses esprits, elle dégagea sa main et passa ses bras autour du cou de son ami, étant toujours sous le choc de son rêve. Lorsqu'ils se détachèrent, la jeune femme remarqua que la pièce était entièrement baignée de lumière, signe que la matinée était avancée.

Ils entendirent des pas dans les escaliers et Arès pénétra dans la pièce.

— Je commençais à m'inquiéter de ne pas vous voir ce matin, alors je suis venu jeter un coup d'œil… Mais puisque tout a l'air de bien aller, dit-il avec un sourire moqueur…

— Euh… Oui… Tout va bien, répondit Phalie, très embarrassée…

— Elle a encore fait un de ses cauchemars, et comme ça fait longtemps que je suis réveillé et installé ici…

— Oui, oui, d'accord, pas besoin de me dire le reste. C'est bien joli vos histoires, mais j'ai faim, pas vous ?

Ses derniers mots déclenchèrent l'hilarité chez les deux jeunes. Arès avait toujours la manie de glisser une phrase inadéquate, lorsqu'il était question d'un sujet embarrassant, surtout lorsqu'il avait faim. Ils sourirent à Arès et se levèrent pour aller manger. Après le déjeuner, Phalie partit prendre l'air, tandis que les deux hommes restèrent dans la maison pour relaxer. Arès était assis à la table et regardait une carte de la région, tandis que Dionysos s'était installé dans un fauteuil et feuilletait un livre, sans toutefois pouvoir effacer le visage triste de son amie à son réveil.

Phalie s'avança dans la forêt entourant la maison du défunt. Elle ne ressentait aucune insécurité à se promener seule à cet endroit, qui, pourtant, lui était inconnu. Au contraire, elle était bien et se sentait complètement détendue.

Soudain, alors qu'elle allait se pencher pour caresser un petit rongeur, une énorme lumière verdâtre apparut devant elle. Phalie l'observa, et vit apparaître une grande forme humaine, blanche. Mais plus elle la regardait, plus la lumière disparaissait. Après quelques instants, Phalie la reconnut : Déméter, la femme vêtue de feuilles vertes rencontrée durant le petit conseil, qui avait eu lieu peu de temps avant leur départ.

— Quel plaisir de vous revoir, Élue. Je suis ravie de constater que vous êtes arrivés tous les trois à cette maison, sans encombre.

— En effet, nous n'avons eu aucun problème majeur en chemin…

— C'est vrai qu'avec Arès les problèmes sont très

minimes. Mais je suis ici pour te donner quelques conseils, dans le but de vaincre Hadès.

Phalie passa une grande partie de la journée avec la déesse à écouter ses précieuses recommandations. Elles restèrent ainsi à parler, assises sur d'immenses rochers. Lorsque le soleil se coucha, Déméter prit Phalie par les épaules et la regarda droit dans les yeux.

— J'allais oublier… J'ai un présent pour toi.

Sur ces mots, la femme tendit la main, paume vers le ciel, et un écrin d'un vert glauque y apparut. Phalie le prit délicatement et l'ouvrit du bout des doigts. À l'intérieur se trouvait un magnifique anneau doré. Elle le prit avec délicatesse et le regarda attentivement. De petits animaux avaient été gravés tout autour, malgré le fait que la bague était très petite.

— Elle est ravissante, Déméter.

— Cet anneau est un cadeau très précieux. Lorsque tu te sentiras en danger, tu n'auras qu'à le faire tourner légèrement autour de ton doigt et, aussitôt, nous arriverons.

— Vous allez venir m'aider? Peu importe de quel danger il s'agit?

— C'est exact. Ne le quitte jamais. Il se formera à ton doigt, dès que tu le glisseras.

— C'est très gentil… Merci beaucoup.

— C'est pour notre bien à tous, Phalie. Tu es la seule qui peut réellement l'arrêter, et non pas seulement le ralentir. Ça ne sera pas facile et si Hadès gagne tout va tomber sous l'emprise du mal. Il n'existera plus une seule parcelle de bien dans le monde…

— Mais comment faire pour savoir où celui-ci va attaquer?

— Réfléchis au plus profond de ton cœur. Le seul endroit où il ne s'aventurera pas… Un endroit auquel on ne pense pas.

Déméter disparut, laissant la jeune femme seule, assise sur son rocher, le regard dans le vague. Celle-ci finit par retourner sur ses pas, sans remarquer qu'elle était suivie. Phalie avançait sans vraiment faire de bruit, lorsqu'une branche craqua derrière elle. Elle se retourna, mais ne vit personne. Elle pensa que c'était peut-être elle qui avait marché sur la branche, mais n'en fut pas vraiment certaine. Avant qu'elle n'ait eu le temps de se retourner, Phalie se fit tout à coup bâillonner et attirer par-derrière.

Après plusieurs heures, Dionysos avait fini par s'assoupir dans son fauteuil. Lorsqu'il ouvrit les yeux, il vit que le soleil était déjà couché, mais qu'Arès était toujours à la même place. Il se leva et alla s'asseoir près de lui. Il jeta un rapide coup d'œil autour d'eux et trouva étrange que la maison soit aussi silencieuse qu'au moment où Phalie l'avait quittée.

— Phalie n'est toujours pas revenue, Arès?

Ce dernier releva enfin la tête vers le dieu du vin devant lui. Il était surpris de le voir là, si près de lui, ne l'ayant pas entendu approcher. Il se leva et se dirigea vers une fenêtre.

— Non, elle n'est pas revenue…

— On ne devrait pas aller voir? Je suis sûr qu'il lui est arrivé quelque chose…

— Tu as sans doute raison. Mais toi, tu restes ici, pendant que, moi, j'irai voir. Avant que tu ne protestes, souviens-toi que je suis plus en mesure que toi de la trouver rapidement.

Dionysos hocha affirmativement la tête. Il savait qu'Arès avait raison. Seulement, il aurait préféré aller à la recherche de la jeune femme et la serrer contre lui, plutôt que de rester assis dans cette maison à attendre leur retour.

Pendant que celui-ci retournait s'installer dans

son fauteuil, Arès enfila une cape noire et sortit, sans oublier d'accrocher son épée à sa ceinture.

Phalie sentit une pointe fine et froide lui transpercer le bras, très lentement, ce qui lui fit ouvrir les yeux. Il y avait un petit homme devant elle qui jouait avec une magnifique dague au manche d'argent sur le bras de la jeune femme. Cette dernière voulut se dégager, mais la seule porte de la pièce s'ouvrit tout à coup avec fracas. Un vieil homme, affreusement laid, portant une très longue barbe et recouvert de haillons, fit son entrée dans la pièce.

Malgré son âge très avancé, il s'approcha de Phalie avec une rapidité surprenante, tout en s'adressant d'un ton froid au petit homme devant elle.

— Tu peux t'éclipser, Hermès. Je n'ai plus besoin de toi…

— Oui, monsieur Charon.

Charon? C'est qui celui-là? Que peut-il bien me vouloir?

Charon s'approcha et s'assit sur une chaise en bois, face à elle. Il plaça son regard dans le sien, en lui souriant narquoisement.

— Sais-tu pourquoi tu es là? lui demanda-t-il sans quitter son sourire.

— Je ne sais même pas qui vous êtes! Alors, comment saurais-je pourquoi je suis ici avec vous?

— Tu te prétends l'Élue et tu ne sais même pas qui je suis? Moi, Charon, qui ouvre la porte aux morts. Moi qui ramasse l'argent. Tu ne me connais pas?

Phalie ne répondit pas. Elle resta là, stoïque, ligotée sur sa chaise, à fixer l'étrange personnage devant elle.

Arès s'enfonçait de plus en plus, dans la forêt. Il marchait depuis quelque temps, sans avoir aperçu la moindre trace de la jeune femme. Il avançait tranquillement, coupant les branches trop basses ou les feuilles trop hautes, lorsqu'il remarqua deux hommes qui discutaient au pied d'un arbre. Arès s'approcha d'eux et les interpella :

— Pardonnez-moi, mais je suis un peu perdu. J'ai reçu un message, il y a quelques instants, disant qu'il y avait une belle femme à vendre dans le coin, est-ce exact?

— À vendre? Je ne crois pas, mais il y a bien une

belle femme, commença le premier, inconsciemment…

— Seulement, *Il* nous a ordonné de ne dévoiler à personne l'endroit de sa cabane, continua le second.

— Ah, je vois. Est-ce que vous savez qui je suis?

Les deux hommes hochèrent négativement la tête. Il était vrai qu'Arès n'était pas facilement reconnaissable dans cette immense forêt, caché sous sa cape. Il soupira, d'un air découragé.

— Je suis Arès, le dieu de la guerre… Si vous ne m'indiquez pas l'endroit où je peux trouver cette jeune femme, vous aurez droit à une colère que vous regretterez d'avoir attirée.

Le premier des deux hommes prit rapidement peur et leva la tête vers la cime de l'arbre. Arès leur fit un léger sourire en coin et disparut.

— Alors comme ça, tu es l'Élue? lui demanda Charon d'une voix doucereuse, en prenant délicatement son collier en forme d'éclair.

— Oui… Mais pourquoi me tenez-vous attachée à cette chaise?

— Je t'ai fait amener ici, parce que j'avais quelque

chose à te demander. Je voulais solliciter ton aide pour tuer quelqu'un…

— Pourquoi tuerais-je une personne pour vous? Je ne suis pas comme ça…

— Pourtant, c'est ce que tu vas faire en tuant Hadès, non? Ils t'ont bien dit de tuer le dieu des morts pour eux, n'est-ce pas?

Phalie allait répondre, mais un homme encapuchonné et vêtu d'une armure entra dans la petite pièce. La jeune femme le reconnut immédiatement. Elle regarda Charon, et vit au sourire qui s'étirait sur ses lèvres que celui-ci l'avait également reconnu, comme s'il était heureux de voir cet intrus.

— Arès! J'espérais que tu viennes. Je savais que tu ne pouvais pas abandonner ta petite protégée. Mais, attends… où est son véritable protecteur?

— Charon… Que lui veux-tu? Tu ne devrais pas te trouver de ce côté-ci du monde.

— Ça, je le sais bien, mais je suis enfermé de ce côté depuis une dizaine d'années, et je ne peux plus me rendre à la porte des morts.

— Quoi? Mais qui a bien pu t'enlever ce pouvoir? Non, ne réponds pas… Hadès?

Charon acquiesça et se pencha vers Phalie. Cette dernière lança un regard inquiet vers Arès, mais il ne bougea pas. La jeune femme allait protester, lorsqu'elle sentit que le poids des chaînes qui la retenaient allait en diminuant. Elle lança un regard interrogateur vers les deux hommes. Arès vint s'asseoir à ses côtés avant de lui expliquer :

— Charon est celui qui ouvre la porte aux morts. Normalement, il n'y a que lui qui peut faire ce travail. Cependant, il ne doit jamais quitter son poste, il ne le peut pas. Laisser la porte sans surveillance, c'est permettre à tout le monde d'entrer ou de sortir. Mais s'il est devant nous, c'est qu'il a eu un problème. Son travail lui a été arraché…

— Mais dans ce cas, qui garde cette porte, si vous êtes ici ?

— Hadès a envoyé quelqu'un me remplacer, il y a dix ans. Au fait, je suis terriblement navré pour la mort de tes parents. Ça n'a pas dû être facile de vivre sans famille durant toutes ces années…

— Il lui reste encore une tante et un oncle à Rome, Charon, lui indiqua Arès en fronçant légèrement les sourcils.

— C'est impossible, Arès. J'ai vu tous les membres de sa famille passer la porte des morts… Comment s'appellent ceux qui sont avec toi ?

— Syrie et Prédès.

— Je ne connais personne portant un de ces noms, et toi Arès ?

— Après réflexion, il est vrai qu'elle ne devrait pas avoir de la famille portant ces noms-là… Peut-être sont-elles des personnes éloignées ?

— Non. Mytho n'avait qu'un frère et une nièce. Je crois que cet homme est mort et que Cillia était enfant unique. Alors, non. De la famille, elle n'en a plus.

— Excusez-moi, mais je crois connaître les membres de ma famille mieux que personne… Donc, s'il vous plaît, laissez-les en dehors de cette histoire.

— Je suis navré, mais si tu me dis qu'il te reste encore deux membres de ta famille, alors que j'ai vu passer tout le monde, sauf le frère de ton père, qui devrait être mort maintenant, étant devenu fou, à la mort de tes parents, je me dois d'éclaircir ce point, continua Charon en commençant à faire les cent pas dans la pièce.

— Est-ce que tu crois qu'ils sont du côté d'Hadès ? lui demanda Arès en jetant un rapide coup d'œil à Phalie qui releva brusquement la tête.

— Ils ne peuvent pas être avec Hadès… C'est impossible.

Charon cessa de bouger et regarda en alternance

les deux personnes présentes dans cette pièce avec lui. Arès avait sans doute raison. Cette Syrie et ce Prédès devaient travailler avec Hadès. Seulement, comment pourrait-il en être certain ? Il regarda celle qui devait être l'Élue et se demanda si elle était assez forte pour subir toutes les dures épreuves qu'elle aurait incessamment. Il changea d'impression, lorsqu'il remarqua le regard rempli de colère, de rage et de fureur de la jeune femme devant lui. Il lui fit un léger sourire, avant de continuer.

— Rien n'est impossible. La seule chose qui nous permet de reconnaître les personnes du mal, c'est une bague. Un bijou en forme de flamme noire et d'un petit couteau.

Tout en faisant la description du bijou, il avait fait signe à Arès. Ce dernier s'était empressé de lever la main, paume vers le ciel, et la jeune femme put y apercevoir une petite forme flottante : la bague.

Phalie eut un mouvement de recul. Elle avait déjà vu ce bijou, elle en était certaine. Elle ferma les yeux quelques secondes et les rouvrit d'un coup sec. Elle se rappelait du rêve qu'elle avait fait le matin même, ainsi que toutes les fois où sa tante enlevait sa bague avant de préparer les repas. Toutes les fois où son oncle enlevait la sienne, avant de se laver les mains. Elle tourna un visage inquiet vers les deux hommes.

— Oui, je me rappelle les avoir vues. Chacun des deux en possédait une.

— Donc, ils sont vraiment les serviteurs d'Hadès, commenta Arès. Alors, pourquoi ne pas avoir à nouveau tenté de tuer Phalie, au lieu de lui envoyer ses fidèles?

— Cette jeune femme possède énormément de puissance; c'est pourquoi il a échoué la première fois. Il était très en colère de ne pas avoir réussi à tuer une gamine, pour utiliser ses mots, et il a donc décidé de prendre du temps pour réfléchir. Il a fini par se rendre compte que cette petite pourrait lui être très utile, étant donné qu'elle est celle qui possède la puissance inestimable pour prendre la place de Zeus… C'est la seule possibilité que je vois.

— Mais, comment ai-je fait pour rester vivante, après avoir subi son attaque, lorsque je n'avais que huit ans?

— Il s'agit d'un sort que nous avons jeté à tes parents, dès que nous avons su que ta mère était l'Élue. Ce sort est le *Bouclier des Cieux*. Celui-ci protège contre beaucoup de sorts de très grandes puissances.…

— Alors, comment ont-ils pu mourir ? C'est insensé !

— Ta mère a décidé, lorsqu'elle a senti son heure arriver, d'enlever ce bouclier pour te le transmettre entièrement. C'est pourquoi tu as survécu à l'attaque magique d'Hadès.

— Mes parents sont morts en me protégeant ? Pourquoi ? Ils avaient tout prévu ?

La jeune femme éclata en sanglots. Elle ne comprenait pas pourquoi sa mère avait décidé de lui transmettre toute la puissance de son bouclier, alors que c'était elle qui en aurait eu le plus besoin. Ses parents lui manquaient terriblement, et elle avait de la difficulté à vivre normalement depuis toutes ces années.

Elle sentit les bras puissants du dieu de la guerre l'encercler pour lui offrir du soutien, puis il l'embrassa sur le dessus de la tête.

— Ta mère savait que son temps était révolu et que le tien allait prendre la place. Elle voulait te donner le plus de chance possible... Personne ne pouvait prévoir un tel geste.

Arès prit la jeune femme dans ses bras pour pouvoir la transporter jusqu'à la maison du vieillard. Alors qu'ils s'apprêtaient à franchir la porte, le vieil homme les arrêta et les regarda avec un visage très sérieux.

— Ne restez jamais très longtemps au même endroit, sinon le Mal vous trouvera…

Dionysos vint leur ouvrir la porte et les suivit jusque dans la chambre de Phalie, où Arès coucha la jeune femme sur le lit. Aucun son ne fut prononcé durant les quelques minutes qui suivirent, le temps que les deux hommes redescendent. Une fois qu'ils furent installés, Arès lui expliqua ce qui était arrivé.

12.

Ce matin-là, Phalie paressa dans son lit. Elle ne pensait qu'à la journée précédente. Elle décida d'essayer de se pratiquer, pour savoir quelle était cette grande puissance qu'elle possédait. D'après Dionysos, elle était capable de produire différents traumatismes terrestres, lorsqu'elle se mettait en colère. Seulement, elle n'était pas toujours en colère…

Phalie commença par essayer de faire bouger un livre, mais en vain. Après plusieurs minutes, le livre partit en flèche, cassa la fenêtre et vola à l'extérieur. Phalie courut vers cette dernière et vit le livre sur le terrain, ouvert. Elle sourit et tenta de le ramener dans la pièce. Elle eut quelques difficultés, mais finit par le faire remonter très lentement, par la fenêtre. Lorsqu'il fut dans ses mains, la jeune femme remarqua qu'il s'agissait d'un recueil de photos. Elle y vit plusieurs femmes, dont sa grand-mère et sa mère. Plus elle avançait, plus les photos devenaient macabres.

Elle continua à tourner les pages et s'arrêta net. Il y avait sur l'avant-dernière page, trois photos de ses parents le jour de leur mort. Ces photos avaient quelque chose d'étrange et elle n'arrivait pas à discerner ce que c'était. Elle se leva pour aller dans la chambre d'Arès et de Dionysos et entra dans la pièce.

— Les gars je n'arrive pas à trouver ce qu'il y a d'étrange sur ces trois photos. Pouvez-vous m'aider ?

Dionysos prit le livre, mais après plusieurs secondes, il le tendit à Arès, en regardant Phalie, découragé.

— Moi, je ne vois rien. Et toi, Arès ?

— Je vois que c'est le jour de l'assassinat, mais on dirait qu'elles ne sont pas exactes… expliqua Phalie.

— Tu as raison, Phalie. Il y a bien quelque chose qui cloche, car il y a une personne de trop sur ces trois images.

— Comment as-tu fait pour voir ça ? lui demanda Dionysos en se penchant par-dessus son épaule pour regarder.

— C'est qu'il y a une même forme blanche sur les trois photos. La différence, c'est qu'elle change d'emplacement. Sur la première, elle est derrière Cillia. Sur la deuxième, aux côtés de Mytho et sur la dernière, elle est près d'Hadès.

— À ton avis, qui est-elle?

— Sûrement sa femme Perséphone. C'est une de mes demi-sœurs et aussi ma tante.

— Arès, j'étais là lorsqu'il a tué mes parents. J'ai vu comment il a assassiné mon père, et il était seul.

— Elle a seulement dû utiliser son esprit. Les dieux peuvent aller d'une place à une autre, en laissant leur corps au premier endroit, et ce, sans attirer l'attention des mortels.

— C'est très étrange…Mais que faisait-elle là?

— Elle va toujours voir si les victimes d'Hadès sont réellement mortes…

Phalie resta silencieuse pendant un instant. Elle se demandait comment une femme pouvait vivre avec un homme tel que le dieu des Enfers. Ce fut Arès qui lui donna la réponse.

— Elle a été contrainte de devenir la reine des Enfers. Hadès est venu la chercher de force et, grâce à Zeus, elle reste six mois en enfer et six mois sur terre. Perséphone n'a jamais voulu avoir cette vie. Mais que pouvait-elle faire contre cet homme?

— C'est triste pour elle…

La jeune femme retourna à ses pensées. Elle ne comprendrait jamais les actions d'Hadès. Comment concevoir le fait qu'un homme oblige une femme à rester près de lui et à tuer des centaines d'innocents ? « Le pouvoir, ma chère, tout est question de pouvoir » pensa-t-elle en soupirant.

— Je crois qu'on devrait repartir avant qu'*Il* ne se décide à venir.

— Tu as raison, Phalie. Repartons rapidement… Dio, es-tu prêt ?

— Je suis toujours prêt. Mais, avant, si vous me disiez qui est celui que vous avez vu hier. Ainsi, peut-être que je serais plus enclin à vous suivre.

— C'était Charon. Il nous a dit que Phalie n'avait aucune famille à Rome, répondit Arès en quittant la pièce, précédé par la jeune femme.

— Ah, je vois… Mais qui sont-ils ? cria Dionysos, en quittant également la pièce pour sortir de la maison.

— D'après lui, ils seraient des serviteurs d'Hadès, lui répondit la jeune femme, avec une pointe de colère.

Phalie arracha les trois photos du livre et les plaça dans une poche de sa tunique. Ils sortirent tous et prirent le chemin qui menait à l'ouest de la maison.

La jeune femme prit la main de Dionysos et la serra. Elle savait qu'elle ne lui avait pas beaucoup parlé ces derniers temps, mais un étrange picotement lui chatouilla l'estomac lorsqu'il posa un regard souriant sur elle. Ils ne se connaissaient pas depuis longtemps, mais elle savait qu'elle ressentait quelque chose de fort pour lui, et elle sentait que ce sentiment était réciproque. Seulement, elle n'était pas totalement prête à dévoiler ses émotions.

À la nuit tombée, ils décidèrent d'arrêter dans une petite grotte pour passer la nuit.

— Nous allons faire des tours de garde, annonça Arès en allumant un feu. Je vais commencer et tu poursuivras ; Dionysos, et Phalie termineront. On fera deux heures chacun.

Les deux autres hochèrent la tête et allèrent s'installer un peu en retrait pour dormir. Dionysos s'allongea sur le dos et Phalie posa sa tête sur son torse, de manière à former une croix.

Lorsque son tour de garde prit fin, Phalie alla réveiller ses deux compagnons. Une fois repartis, ils ne firent que de petites pauses, car ils savaient qu'Hadès pouvait arriver à tout moment. Malgré tout, ils marchèrent d'un pas lent pour ne pas trop se fatiguer.

Le soleil était intense cette journée-là. Phalie,

pour ne pas attraper un de ces fameux coups de soleil, avait placé une légère couverture sur ses cheveux verts. Elle s'inquiétait pour son ami, mais il lui répondit que sa peau était protégée contre les rayons du soleil. Par contre, il pouvait sentir la chaleur... Tout en répondant, il s'était approché d'elle et lui avait enlevé le sac contenant les quelques vivres et couvertures qu'ils se partageaient. Arès, quant à lui, pensait à la façon dont ceux-ci pourraient vaincre son oncle. Il trouva une solution qui pourrait leur être utile seulement lorsqu'ils s'arrêtèrent pour passer une autre nuit au clair de lune.

— Vous savez qu'on va tous partir en guerre, n'est-ce pas? demanda Arès en regardant la jeune femme sise aux côtés du dieu de la vigne.

— Oui. Comment peut-on l'oublier? Mon destin tourne autour de cette guerre. Si je la perds, votre monde et le mien tourneront à l'envers.

— C'est vrai. Mais si cette guerre tourne mal, nous devrions prévoir quelque chose, insista Arès...

— Peut-être que cette guerre tournera au drame et que malheureusement, plusieurs personnes trouveront la mort, Arès, mais je ne compte pas abandonner. Je vais faire cette guerre, et ce, peu importe son dénouement.

Le dieu de la guerre était extrêmement surpris des paroles de la jeune femme, mais ne le montra pas. Il lui fit un sourire franc. Jamais il n'avait entendu une Élue parler avec autant de conviction, de dévouement et de colère.

— La colère ne sert pas à grand-chose, Phalie, ni la vengeance. Ces deux sentiments peuvent t'aider, mais tu ne dois pas te laisser envahir par eux.

La jeune femme opina de la tête et alla se coucher, en attendant son tour de garde. Dionysos vint la rejoindre quelques instants plus tard.

Lorsqu'elle se fit réveiller pour remplacer Dionysos, elle se sentait légèrement angoissée… comme si elle pressentait que quelque chose d'anormal allait se produire. Elle secoua la tête et se leva pour se diriger vers le feu, où elle s'installa sur une bûche en regardant le soleil se lever.

Elle resta longtemps ainsi à regarder distraitement l'ascension du soleil, totalement perdue dans ses pensées, jusqu'au moment où un bruit sourd arriva jusqu'à elle.

« On dirait qu'il y a un combat là-bas. »

Phalie s'enfonça dans l'herbe pour voir ce qui se passait et arriva dans une plaine. Ce qu'elle vit alors l'horrifia. Un homme, vêtu d'une armure noire, était en train de battre un vieillard qui se défendait à l'aide d'une fourche à foin! Phalie n'avait guère le choix; il fallait qu'elle aide cet homme.

Elle retourna au campement, pris la cape qu'il y avait dans son sac et retourna vers le pauvre homme, rapidement. Elle se plaça devant lui et regarda le soldat en plissant ses yeux mauves. Sans qu'elle lève la main, un énorme rocher vint percuter la tête de l'infâme individu devant elle et disparut.

— Mais… comment avez-vous fait ça? s'exclama le vieil homme.

Phalie ne répondit pas et entraîna l'homme jusqu'au campement, où elle s'empressa d'aller réveiller Dionysos et Arès. Elle leur expliqua ce qui venait de se passer, mais aucun des deux hommes ne réagit comme elle l'espérait. Arès se mit à lui reprocher d'avoir quitté le campement sans les avertir, et Dionysos lui dit que la présence de cet homme était peut-être un piège.

— Vous auriez préféré que j'agisse comme Hadès, et que je le laisse mourir? Mais moi, je ne suis pas d'accord. On doit être en mesure d'aider ceux qui en ont besoin, et pas le contraire. Faites-moi confiance, c'est tout ce que je vous demande.

— D'accord. Mais ne viens pas te plaindre, s'il te

dit des choses que tu n'apprécies pas. Je le connais ce vieil homme, continua Arès... Mais Phalie ne l'entendit pas. Elle était déjà partie.

— Qui êtes-vous? demanda-t-elle à l'inconnu, en lui tendant un linge.

— Je vais vous raconter mon histoire... Il y a plusieurs années, lorsque j'avais vingt ans, une femme, qui se disait être le bras droit du Mal, est venue me voir dans ma grange. Elle se nommait Syrianifia, mais préférait qu'on l'appelle Syrie.

Phalie n'osait pas le croire. Cette femme, qu'elle croyait être sa tante, travaillerait pour le compte de l'être le plus infâme qu'elle connaisse. Ce que lui avait révélé Charon était donc vrai.

— Vous la connaissez peut-être?

— J'en ai vaguement entendu parler. Continuez.

— Donc, elle entra dans ma maison et m'attacha sur une chaise, pour ensuite me dire ce qu'elle attendait de moi. Elle me raconta une histoire bizarre, qui disait que le dieu Hadès avait besoin du plus d'hommes possible et que celui-ci m'avait choisi pour l'aider. Je comptais refuser, lorsque la dame me traîna dans son château. Il y avait plusieurs photos sur les murs et je découvris que les personnes se trouvant sur celles-ci avaient toutes une date de décès ainsi que le nom de leur assassin… C'était surtout Hadès qui y apparaissait le plus souvent. Plusieurs mois passèrent et j'étais toujours son serviteur. Il y a dix ans, j'ai entendu parler qu'Hadès voulait assassiner une famille! Je suis donc entré dans son bureau et j'ai regardé la première photo qui se trouvait sur son pupitre. Sur celle-ci se trouvait une femme possédant la même couleur de cheveux que vous, et tenant une belle jeune fille aux cheveux verts et un… Mais attendez, c'est vous la fillette, n'est-ce pas?

— C'est possible… mais poursuivez, je veux tout savoir.

— Comme je le disais, il y avait une femme, une jeune fille et un homme sur l'image. Je décidai, sur un coup de tête, de me rendre à leur maison. J'ai enlevé ma bague, avant tout. Tes parents m'ont reconnu, mais ils m'ont tout de même écouté. Après avoir compris ce qu'Hadès s'apprêtait à faire, ils ont décidé d'enlever leur bouclier et de te le donner. Lorsque je suis retourné au Royaume Noir d'Hadès, je lui ai remis ma bague et j'ai quitté les lieux! Environ trois heures plus tard, j'appris que vous étiez tous morts… Je me suis dirigé vers Olympe pour savoir comment tout cela était possible, mais j'ai abandonné…

— Pourquoi avoir abandonné?

— J'avais peur de ce que j'allais trouver comme réponse. Mais, après tout, j'aurais sûrement appris la vérité…

— Comment ça?

— Bien, je croyais que vous étiez tous morts. Or, une de ces personnes est devant moi…

C'est ce moment que choisirent les deux autres hommes pour se joindre à la conversation. Ils s'installèrent auprès de la jeune femme et attendirent la suite. Mais, curieusement, le vieil homme cessa de parler. Alors, Arès enchaîna.

— Qui es-tu? Et je veux la vérité!

— Je me nomme Pollux. Je suis le fils de Zeus et Léda et aussi le frère jumeau de Castor, avec qui je partageais mon immortalité. Seulement, je suis devenu mortel, lorsque j'ai commencé à être le serviteur d'Hadès.

— Et que comptes-tu faire maintenant?

— Je compte retourner chez moi et poursuivre le travail que je faisais ce matin, avant qu'on vienne me déranger. As-tu peur que je ne lui fasse du mal, Arès?

— Je sais qui tu es. Tu ne lui feras rien, Pollux. Tu n'es pas assez fort pour le faire toi-même.

— Peut-être que je ne suis pas assez courageux pour

oser tuer une personne, mais je ne suis pas comme cette Héra, qui se dit femme de Zeus, alors qu'elle n'est même pas capable d'assumer…

Les paroles de Pollux causèrent un énorme silence, dans lequel les trois compagnons comprirent que cet homme n'était pas réellement celui qu'il disait être. Il n'était pas le paysan qu'ils croyaient qu'il fût au départ. Le vieil homme se rendit compte de son erreur, car il reprit contenance et demanda :

— Alors, que faites-vous sur mes terres ?

— Bien, nous devons nous rendre dans les Montagnes de Corg…

— Je ne connais pas cet endroit, mais si vous êtes accompagnés par des dieux, je dirais que ces montagnes doivent être très dangereuses.

— Oui, en effet. Je suis allée voir Zeus pour qu'il m'indique le chemin à prendre, et il m'a envoyé deux de ses fils, pour que je puisse y accéder sans problèmes.

— Bien. Je vois que vous avez un long chemin à parcourir, alors je vais retourner chez moi. Prenez garde à vous… On ne sait jamais sur qui ou sur quoi on peut tomber…

Pollux se leva, leur fit un signe de tête en guise

de salutations et disparut, en courbant légèrement le dos, dans les herbes.

Dionysos s'approcha de Phalie et lui prit délicatement la main. Après quelques secondes, Arès rompit le silence en souriant.

— Où as-tu appris à mentir si rapidement?

— Chez moi. Il fallait bien que je camoufle la vérité, si je voulais sortir avec mes amis tard le soir.

La matinée étant passablement avancée, ils décidèrent de rester au même endroit, pour se reposer un peu.

13.

Pollux prit tout son temps pour avancer, sachant que les trois personnes derrière lui devaient le regarder partir. Une fois qu'il se sentit hors de vue, il se volatilisa.

Il réapparut dans une pièce rouge sang. Un bureau noir était placé dans le fond de la pièce, face à une immense fenêtre. Dos à celui-ci, une ombre s'y tenait.

— Quelles sont tes nouvelles, Pollux?

— Je les ai enfin retrouvés.

— Où?

— À deux lieux d'ici.

— Parfait. Tu peux disposer.

L'ombre appela sa servante et celle-ci arriva avant même qu'il n'ait terminé sa phrase, sachant qu'elle ne devait pas le faire attendre.

— Oui, maître ?

— Apporte-moi le cadre de la jeune femme aux cheveux verts.

— Bien, maître.

Quelques instants plus tard, le maître avait le cadre entre les mains et le regardait avec un sourire machiavélique.

— Je vous appelle chers Dragostas. Trouvez cette fille et ramenez-la-moi vivante !

À cet instant, un vent glacial entra dans la pièce et deux dragons apparurent dans un nuage de fumée. Ils regardèrent l'ombre avec impatience mais se calmèrent peu à peu, après avoir reconnu leur maître. Les Dragostas étaient de deux couleurs différentes et il n'y en avait que très peu dans le monde. Quelques personnes racontaient avoir déjà aperçu des formes ressemblant à ces dragons au travers des nuages, mais tous restaient sceptiques. Elles n'étaient que des bêtes sans grande importance, mais demeuraient tout de même les préférées de leur maître.

— Vous avez compris ? Je la veux vivante…

Les deux bêtes hochèrent affirmativement la tête, en poussant un énorme rugissement, et disparurent. Le maître resta seul dans la pièce à regarder le cadre.

— À ton tour, petite…

Ils rigolèrent toute la journée. Phalie ne s'était jamais autant amusée. Le soir venu, ils s'arrêtèrent et prirent un bon repas. Phalie se dirigea vers la petite rivière, non loin de leur campement, avec quelques effets personnels. Elle se dévêtit et entra dans l'eau tiède. Ses deux amis étaient restés près du feu, mais la surveillaient quand même. La jeune femme ne ressortit que lorsque la noirceur fut complètement installée. Dionysos appela son nom, pour s'assurer que rien ne lui était arrivé, et Phalie s'empressa de lui répondre, pour ne pas l'inquiéter. Elle regarda la lune qui n'en était qu'à son deuxième quartier et vit quelque chose de bizarre à l'intérieur de celle-ci. On aurait dit deux petits nuages. Mais après avoir observé la lune pendant plusieurs minutes, elle crut plutôt apercevoir des aigles. Elle retourna rapidement au campement.

Avant qu'elle n'ait pu déposer son sac par terre, le feu se ralluma brusquement. Phalie pivota sur elle-même et vit Dionysos se tourner vers le ciel et Arès se redresser subitement.

— Allez-y moins fort avec le feu! s'écria Arès.

— Ce n'est pas nous… C'est eux, répondit Dionysos en pointant vers le ciel.

— Des oiseaux? s'écria Phalie, surprise.

— Non. Des Dragostas…

— Des quoi? Des dragons? Mais pourquoi nous at-
taquent-ils?

— Tu dois bien avoir ta petite idée, Phalie, non? lui
demanda Arès avec un regard sous-entendu.

Phalie ne répondit pas. Un énorme bruit venait
de se faire entendre. C'était un dragon bleu qui avait
mis pattes à terre et celui-ci regardait la jeune femme
avec fureur. Cette dernière le regarda, fascinée. Elle
n'avait jamais vu, contrairement à Arès et Dionysos,
de telles bêtes. Le dragon mesurait trois fois la hauteur de la jeune femme et avait de magnifiques ailes
très larges d'une blancheur incroyable. Son complice
était semblable, sauf la couleur, qui était d'un rouge
très vif. Ce dernier atterrit à quelques mètres plus
loin derrière Phalie.

Arès voulut avancer, mais le dragon rouge vif le
balaya avec sa queue. Dionysos, quant à lui, essaya
de faire diversion, mais les deux monstres avaient
trouvé ce qu'ils cherchaient : Phalie. Et ils ne comp-
taient pas partir sans elle.

Phalie tenta de faire reculer le dragon bleu, à l'aide de ses pouvoirs, en particulier celui de son bracelet qui s'illuminait à chaque tentative, mais elle n'arrivait qu'à le déplacer de quelques millimètres. Dionysos, voyant qu'elle n'y arriverait pas seule, décida d'aller chercher Arès, afin de combiner leurs trois pouvoirs de lévitation. Ce dernier utilisa son pouvoir d'invisibilité, pour que les dragons ne les remarquent pas, puis ils avancèrent entre ceux-ci pour se rendre aux côtés de Phalie. Dionysos prit la main de la jeune fille et celle d'Arès. Phalie, sentant la main de son ami dans la sienne, se tourna, mais ne vit personne.

Soudain, elle entendit la voix d'Arès dans sa tête : « Nous sommes venus t'aider. Avec nos trois pouvoirs de lévitation réunis, on va pouvoir le déplacer de plusieurs mètres. » Phalie hocha affirmativement la tête et leva la main droite, mais le dragon rouge derrière elle en avait décidé autrement. Il ouvrit grand sa gueule et une boule de feu en sortit. Elle percuta le Bouclier des Cieux de Phalie, sans que celle-ci ait eu le temps de faire le moindre mouvement. Arès se retourna sans lâcher la main de Dionysos, pour ne pas briser le lien magique qui les unissait, et vit que la bête était prête à tout pour atteindre son but. Arès essaya de la mettre hors d'état de nuire, en tirant de toutes ses forces. Cependant, il comprit rapidement qu'il ne pourrait y arriver seul. Il se concentra alors plus fort, dans le but de faire léviter le dragon bleu.

Après plusieurs minutes, un énorme rayon jaune sortit de la main de Phalie et frappa la bête, qui partit en flèche dans les airs. Durant ce temps, l'autre dragon s'était mis à voler au-dessus d'eux. Phalie et Dionysos le cherchèrent en tournant sur eux-mêmes, jusqu'au moment où Arès leur indiqua que celui-ci se trouvait juste au-dessus d'eux.

Arès annula l'invisibilité pour faciliter leurs mouvements et recommanda aux deux jeunes de se méfier de ces bêtes, tandis que Dionysos pensait que le dragon rouge partait enfin. Mais, il changea d'avis, lorsqu'il vit le dragon les charger de toute sa largeur. Arès sortit brusquement son épée et fit une entaille sur l'une des pattes du monstre rouge. Phalie, quant à elle, essaya de trouver un moyen plus efficace pour vaincre cette bête rapidement. Elle prit plusieurs secondes pour tenter d'agir, mais en vain. Ses nombreuses tentatives échouèrent.

Le dragon rouge volait inlassablement, détruisant tout sur son passage, tandis que le dragon bleu n'avait toujours pas refait surface depuis qu'il avait effectué un vol plané dans les bois.

Soudain, le dragon rouge cessa de bouger et rugit. Un énorme craquement se fit entendre à leur gauche et le dragon bleu s'envola. Aussitôt, les deux bêtes atterrirent à quelques pas d'eux.

— Ils ont une faiblesse au cou ; prenez les épées que j'ai laissées près du sac.

Phalie s'y dirigea avec empressement et sortit les deux épées serties de leur fourreau. Elle en tendit une à Dionysos, et tous les trois formèrent un triangle pour faciliter l'attaque.

Les dragons les chargèrent avec fureur et rapidité. Dionysos était seul avec le dragon bleu, tandis que Phalie et Arès s'occupaient du dragon rouge. Les monstres étaient déchaînés, tout comme les êtres qui les défiaient.

La jeune femme aux cheveux verts porta le coup fatal à la bête rouge vif, alors qu'elle combattait seule, tandis qu'Arès partit donner un coup de main à Dionysos, lequel semblait dans une mauvaise posture.

Après que les deux dragons furent éliminés, ils se regroupèrent tous les trois et discutèrent de ce qui venait de se passer.

— Ces bêtes avaient un but bien précis, commença Arès, en s'assoyant sur le sol.

— Elles étaient venues pour me chercher ou pour me tuer? demanda Phalie en s'installant face à Arès.

— Je l'ignore. Tout ce que je sais, c'est qu'elles provenaient de l'Empereur des Morts, et qu'elles étaient là pour toi.

— Nous devrons redoubler de prudence, ajouta Dionysos, qui était toujours debout. Est-ce que l'homme dont tu nous parlais, Arès, habite encore loin? Car le temps nous est malheureusement compté.

— C'est le prochain village, à quelques lieux d'ici.

— Parfait. Alors, partons sans attendre.

Après avoir rassemblé toutes leurs affaires, ils éteignirent le feu et partirent avec deux torches. Phalie marchait entre les deux hommes et regardait autour d'elle pour être certaine qu'il n'y avait rien d'inhabituel. Mais, tout à coup, elle se souvint d'un petit détail auquel elle n'avait pas prêté attention.

— Les gars, quelque chose cloche, ici.

— Quoi? Tu as vu quelque chose?

— Non, mais vous vous rappelez de Pollux? Il n'avait pas dit qu'il habitait dans une maison, non loin de notre campement?

— Peut-être que nous avons tout simplement passé plus loin, répondit Arès sans s'arrêter de marcher.

— Tu ne comprends pas. Je l'ai découvert dans une plaine, et je n'ai aperçu aucune maison ou grange dans les environs.

— Ne vous avais-je pas dit que cet homme était étrange ? renchérit Dionysos fier de lui.

— Peut-être que cette rencontre était prévue, et qu'il est un des serviteurs d'Hadès.

— Tu as raison, Phalie, continua Arès. Il est bien un serviteur du Mal et il l'a toujours été. Désormais, nous ne devons faire confiance à personne, à moins d'être certains de son innocence.

Tous hochèrent la tête et continuèrent leur chemin. Après plusieurs minutes, la jeune femme s'arrêta à nouveau.

— Qu'est-ce qu'il y a, Phalie ? lui demanda Dionysos.

— Je suis trop épuisée, je ne peux plus continuer comme ça…

— On ne peut pas s'arrêter maintenant. Nous sommes encore trop près de notre campement et, de plus, nous sommes presque arrivés, coupa le dieu de la guerre.

— Je n'en peux plus, Arès… J'ai mal aux jambes,

j'ai les yeux qui se ferment tout seul et je n'arrive même plus à tenir la route.

— C'est bon, je vais te porter. Arès a raison ; on ne peut prendre un autre risque.

Aussitôt dit, aussitôt fait. L'Élue se cala contre le corps de Dionysos et s'endormit très rapidement. Les deux hommes continuèrent à marcher à un rythme régulier, sans s'arrêter.

À l'aube, ils franchirent la muraille qui indiquait en grosses lettres : « Bienvenue à Ithaque ». Phalie, quant à elle, était toujours endormie.

— Cette ville est celle de mon ami, Ulysse, commença Arès…

— Ulysse ? Ce nom me dit quelque chose.

— Il est un des plus grands guerriers, et celui qui a enseigné l'art du combat à Achille.

— Tu es certain qu'il est fiable ?

— Absolument. Si on oublie, toutefois, qu'il a participé à la guerre de Troie et que l'idée du cheval était la sienne, bien sûr.

Quelques mètres plus loin, Arès se dirigea vers une magnifique maisonnette en bois, où il cogna à la porte, trois fois. Une ravissante femme vint leur ouvrir.

— Bonjour, Pénélope. Est-ce que votre époux Ulysse est présent?

— Je regrette, il est absent… Il ne doit revenir que dans quelques heures. Puis-je savoir qui le demande?

— Je suis Arès. Et voici Dionysos et Phalie.

— Arès? C'est bien vous? Mais entrez, entrez, voyons. Mais qu'est-ce qu'elle a la jeune fille?

— Elle est seulement endormie…

Ils entrèrent à la suite de la femme, et Dionysos la suivit dans une magnifique pièce, où il déposa son petit fardeau sur le lit. Il lui donna un léger baiser sur le front et suivit la dame vers le salon, où se trouvait Arès.

— Ulysse ne devrait pas tarder. Mais joignez-vous à moi en attendant.

À peine une heure plus tard, Ulysse fit son entrée. Il salua chaleureusement ses invités. Arès, Dionysos, Pénélope et Ulysse discutèrent presque toute la journée, sans voir ne serait-ce que le bout du nez de Phalie. Ulysse accepta de les aider le plus rapidement possible dès que le coeur leur en dirait.

14.

Malgré la noirceur de la nuit, la jeune fille sortit de son lit et alla à la cuisine, pour se servir un rafraîchissement. En arrivant, elle sentit un énorme froid transpercer ses pieds nus. Inquiète, elle fit le tour de la pièce des yeux. Ne voyant rien d'anormal, elle se dirigea vers le réfrigérateur en haussant les épaules et prit un flacon de lait. Alors qu'elle s'apprêtait à en prendre une gorgée, elle entendit une bouteille se déposer suivi d'une voix très rauque.

— Tu ne dors pas à cette heure-là, jeune fille ?

— J'avais soif, mon oncle, et je n'arrivais pas à dormir... Tu n'y parvenais pas non plus ?

— Ça, ce ne sont pas de tes affaires, jeune fille.

Tout en parlant, il se versa un deuxième verre, et le lui tendit. La jeune fille ignorait ce qui se trouvait dans le verre tendu, mais en voyant le regard insistant de l'homme devant elle, celle-ci décida de s'asseoir et de le prendre. Mal à l'aise, elle avala le contenu avec difficulté. Le liquide lui brûlait la langue et la gorge. Elle regarda, désorientée, l'homme se tenant devant elle.

— Mais qu'est-ce que c'était?

Sans répondre, Prédès lui indiqua la porte, signe qu'il la congédiait. La fillette ne se le fit pas dire deux fois et se dirigea prestement vers sa chambre. Elle s'arrêta à quelques pas de sa porte. Quelques instants plus tard, elle ne vit que du noir, et tomba dans l'inconscience.

Lorsqu'elle rouvrit les yeux, la jeune fille fut surprise de voir tant de blanc, et elle dut refermer les yeux pour ne pas avoir mal. Quelques secondes plus tard, une infirmière pénétra dans la pièce.

— Je suis encore ici? Alors, ce n'était qu'un rêve n'est-ce pas? Ils ne sont jamais venus me chercher?

— Ma pauvre chérie, tu as la chance d'avoir des parents adoptifs aussi attentionnés que tes parents ont pu l'être. Ils sont venus te porter au pas de course durant la nuit, totalement effrayés du malheur qui t'était arrivé.

— Quel malheur? Je n'ai pas eu de malheur!

— Tu as ingurgité un poison, dont l'effet nous est en-

core inconnu, ma belle. Tu es à l'hôpital depuis plusieurs heures.

— C'est impossible. Je n'ai rien bu… C'est insensé.

— Tu dois te reposer… Ne t'en fais pas, le médecin arrive bientôt.

Phalie ouvrit lentement les yeux en revivant ce souvenir. Elle avait toujours cru que la boisson qu'elle avait bue cette nuit-là n'était pas pour elle, et sentait au fond d'elle-même qu'elle ne devait plus en prendre. Seulement, en se réveillant ce matin-là, la jeune femme ne pensait plus du tout de la même façon. Son oncle l'aurait-il réellement empoisonnée ?

Après plusieurs minutes de réflexion, elle remarqua qu'elle était confortablement installée sur un lit dans une pièce aux couleurs chaudes. Dans un coin, elle aperçut un âtre, d'où provenait une intense chaleur. Une ombre assise faisait face à l'âtre et agitait un tisonnier. Phalie s'approcha d'elle et plaça une main sur son épaule droite. Cette dernière eut un mouvement de recul, mais se ressaisit lorsqu'elle vit la personne responsable de son trouble.

— Que fais-tu là, Dionysos ?

— J'attendais ton réveil… Tu as bien dormi?

— Pas vraiment. Je n'arrête pas de rêver à des événements de mon passé, et je ne saisis pas la raison pour laquelle je dois les revivre.

— Peut-être que tes songes ne font que t'indiquer le bon chemin à prendre. Il doit sûrement exister un lien entre ta vie future et ta vie passée.

— J'ignore pourquoi il faut que je me souvienne de mon passé afin de bien accomplir ma vie future… Je dois commencer par résoudre la mission dans laquelle je suis.

— Peut-être que c'est une personne spéciale qui t'envoie ces rêves-là. Ils désirent assurément te dévoiler différents indices et t'indiquer, par le fait même, la raison de ta présence parmi nous.

— Mais, je la connais déjà cette raison. Vous avez besoin de moi pour vaincre Hadès. Je suis là parce que ma grand-mère, ainsi que ma mère avant moi, faisait la même chose, et, malheureusement, elles n'ont pas réussi. Ce serait mesquin de me faire revivre ces moments…

— C'est probablement la seule solution que cette personne a trouvée pour t'aider.

— Tu as sans doute raison…

— Alors, c'était quoi ce cauchemar cette nuit?

— J'ai vaguement souvenir de cette nuit-là. J'avais huit ans et je n'arrivais pas à dormir. Je suis donc allée me chercher quelque chose à boire, car il faisait très chaud. Je n'avais pas senti la présence de mon oncle et celui-ci m'avait fait sursauter lorsqu'il m'avait adressé la parole, car sa voix ne semblait pas la sienne. De plus, il sentait la bière. J'ignorais ce qu'il buvait, mais le regard qu'il m'a lancé lorsqu'il m'a tendu un verre contenant le même liquide que le sien m'a fait oublier mes peurs. Je l'ai donc pris et l'ai bu au complet, malgré son arrière-goût. Seulement, je n'ai rien recraché pour qu'il ne croie pas que j'étais faible. J'ai voulu m'en aller, mais tout est soudainement devenu noir... Je me suis réveillée à l'hôpital. L'infirmière qui se trouvait là lors de ma première visite deux semaines plus tôt était à mes côtés Elle m'a annoncé que j'avais avalé un liquide empoisonné, mais je ne voulais pas la croire...Dans ma tête de petite fille, c'était tout simplement impossible que mon propre oncle me trahisse de cette manière.

— Tu sais bien que l'infirmière ne t'aurait pas dit que tu avais bu ce poison, si ce n'était pas le cas. Surtout à une enfant.

— Je sais, oui. Ma tête me disait de la croire,

seulement mon cœur ne penchait pas dans cette même direction.

— C'est normal que tu aies eu cette réaction. Comment une enfant, qui adore sa tante et son oncle, pourrait croire, ou même seulement imaginer, qu'ils lui mentent ?

Le jeune homme garda le silence quelques instants, puis se releva tout en entraînant Phalie avec lui vers le lit sur lequel elle était installée quelques minutes plus tôt.

— Allez, trêve de bavardages. Tu vas filer dans ton lit et te reposer encore quelques heures.

Dionysos installa convenablement l'Élue dans les draps et attendit que la jeune femme se soit endormie, avant de quitter la pièce pour aller retrouver les autres autour de la table à dîner. Il se doutait bien que ceux-ci n'avaient pas fermé les yeux.

Lorsqu'il arriva dans la pièce, il vit que les trois compagnons étaient confortablement assis devant plusieurs plats de fruits et de légumes et qu'ils avaient tous le sourire aux lèvres. Dionysos pris place à la table, en face du dieu de la guerre.

— Vous ne dormez pas ?

— Non, commença Pénélope… Nous voulions obtenir, Ulysse et moi, plusieurs informations sur la jeune femme qui vous accompagnait…

— Et c'est là que nous avons appris qu'elle faisait des rêves de son passé, continua Ulysse légèrement inquiet. Vous savez ce que cela signifie ?

Dionysos regarda Arès qui haussa les épaules, signe qu'il ignorait la réponse.

— Vous savez que certains dieux peuvent contrôler le temps ?

Tous hochèrent la tête.

— Vous savez également que les héros possèdent une force incroyable ainsi que plusieurs défauts, n'est-ce pas ?

Ulysse n'attendit pas d'avoir une réponse avant d'enchaîner avec la suite de ses hypothèses.

— Donc, si on mélange les deux, on obtient quoi ?

— Une personne capable de contrôler le temps, tout en ayant une force surhumaine ? risqua Dionysos, avec un regard soucieux.

— C'est presque cela, Dio. Il s'agit en fait d'une personne qui ne peut pas vraiment contrôler le temps. C'est-à-dire qu'elle ne peut pas vraiment l'arrêter ou l'accélérer ; elle peut simplement le voir. Autant le passé que le présent. Peut-être moins le futur, car il est plus difficile à cerner. Elle est également en mesure de voir des événements de sa vie ou des faits importants se déroulant dans le présent, qui peuvent l'aider dans sa quête. En même temps, cette personne peut acquérir une force incroyable. Pas surhumaine, mais plutôt supérieure à la normale. Cette force peut se retrouver dans le caractère ou dans les muscles.

— Ce que tu nous dis, Ulysse, c'est que Phalie serait la fusion d'un dieu et d'un héros ? questionna Arès.

— C'est cela. Elle semble posséder toutes les caractéristiques, d'après ce que tu m'as dit, Arès. Ces personnes-là, on les appelle les *Hikouïs*. Il n'en existe que très peu dans notre monde. Elles ne sont pas nécessairement les enfants d'un dieu ou d'un héros, ou une combinaison des deux, mais plutôt des personnes qui ont eu un contact avec ce type de gens dès leur naissance, ouvrant ainsi les portes aux pouvoirs pour entrer rapidement dans les gènes d'un enfant et augmenter sa force.

— Et les pouvoirs magiques qu'elle a ?

— Vous dites qu'elle est la grande Élue et, d'après ce que je sais d'une élue, celles-ci sont toutes des femmes et chacune d'entre elles possède un bon caractère ainsi que des pouvoirs qui les complètent. Elle est donc une Hikouïs, mais également l'Élue que vous cherchiez.

Tous hochèrent la tête, signifiant à Ulysse qu'ils avaient bien compris. Le silence se fit pendant plusieurs minutes, durant lesquelles Dionysos grignota quelques fruits. Puis, Pénélope engagea à nouveau la conversation sur un sujet plus politique, qui dura tout le reste de la nuit, jusqu'à l'arrivée d'une jeune femme, aux pas incertains.

Arès se leva et lui présenta leurs hôtes. Phalie hocha la tête après chaque nom, en guise de salutations, tout en leur souriant. Puis, elle se tourna vers le dieu de la guerre et lui demanda :

— C'est l'homme dont tu nous parlais, n'est-ce pas ? Celui qui sera en mesure de m'aider ?

— Il s'agit bel et bien de moi, très chère Élue. Et on va commencer très rapidement par un entraînement que tous les guerriers ont suivi avant de devenir ce qu'ils sont aujourd'hui. Il est question de l'« Entraînement du Taureau ». Arès et moi allons t'endurcir durant plusieurs semaines, jusqu'à ce que tu sois enfin prête à vaincre ce Mal.

— Et si cela prend trop de temps ? Et qu'Hadès décide d'attaquer alors que je suis toujours ici ? Je ne peux pas prendre ce risque.

En prononçant le nom du dieu des morts, la

jeune femme sentit une énorme colère la parcourir tout le long de sa colonne vertébrale.

— Phalie, nous sommes là pour t'aider, pas pour te retarder. Hadès n'attaquera pas avant le moment décrit par les oracles. Si jamais c'est le cas, tout changera…

— Vous croyez vraiment que cet entraînement sera bénéfique?

— Plus que tout, lui répondit Arès en souriant.

— Mais avant tout, elle a besoin de vêtements adéquats, coupa Pénélope en entraînant la jeune femme avec elle vers l'extérieur de la maison.

Les hommes attendirent que la porte se soit refermée, avant de commencer à parler. Ulysse avait un regard grave et légèrement inquiet.

— Ça ne sera pas aussi facile que je l'aurais cru.

— Pourquoi donc, Ulysse? demanda Dionysos en s'avançant vers sa chaise.

— N'avez-vous pas senti toute cette colère qui gronde en elle? Cette jeune femme agit avant tout par vengeance. Elle veut ainsi venger la mort injuste de ses parents, mais elle a peur, elle ne sait pas par quoi commencer et ne veut surtout pas commettre d'erreurs. C'est ce qui fait qu'elle ressent autant de colère en elle.

— Mon dieu, Ulysse, si j'avais su que tu étais capable de lire à l'intérieur de quelqu'un comme ça, je
serais venu te voir plus tôt… coupa Arès.

— Pourquoi cela?

— Ça m'aurait peut-être évité de passer trop de
temps ici, avec toi…

Arès partit d'un grand éclat de rire, et les deux
autres en firent autant.

15

*P*halie n'était pas prête d'oublier sa première journée d'entraînement, tellement elle l'avait trouvée épuisante et sans résultat. Dès le lendemain de son arrivée, Arès et Ulysse avaient tout de suite tenu à commencer l'Entraînement du Taureau, afin d'être certains qu'elle serait prête pour la grande bataille. Ulysse lui avait récité, lorsqu'elle était arrivée dans les jardins, une phrase dont le sens lui échappait : *Patience et longueur de temps font mieux que force ni que rage. Souviens-toi de cette phrase, Phalie, elle te servira.*

Son entraînement s'étala sur une période de trois semaines, mais elle devint une excellente combattante. Arès lui montra comment canaliser sa magie pour qu'elle soit plus puissante, et ainsi devenir plus efficace. Ulysse, de son côté, lui apprit les techniques d'un combat corps à corps. Au début, elle eut de la difficulté à suivre le rythme, perdant souvent patience devant son inaptitude, mais avec le temps et beaucoup d'aide, elle devint moins exigeante envers elle ainsi qu'envers les autres, et prit plus de temps pour relaxer.

— Sincèrement, je te crois enfin prête à affronter ton destin, Phalie, commença Ulysse une fois qu'ils furent tous bien attablés autour d'un bon repas. Ta puissance a augmenté, alors que toute la colère que tu retenais enfermée en toi a diminué.

— Disons que je me sens libérée… Comme si tout le poids que je ressentais avant de venir ici s'était envolé. Je me sens beaucoup plus légère, mais je me sens épuisée, comme jamais je ne l'ai été.

— Cela fait un peu plus de dix-huit jours que tu n'as pas eus une seule journée à toi pour réfléchir, relaxer et t'amuser, ajouta Arès, en souriant… Ce n'était que combat et méditation.

— C'est pourquoi nous avons, Arès et moi, décidé de te laisser toute la soirée, pour faire ce que tu veux. Une balade sur la plage, une visite du village, ou tout simplement relaxer à la maison, c'est à toi de voir. Cette soirée t'appartient…

— Puisqu'on ignore ce qu'on fera demain, enchaîna Arès.

Ils finirent leur repas dans une ambiance follement joyeuse, célébrant la fin de l'Entraînement du Taureau de la jeune Élue.

Lorsque tout fut rangé, Dionysos et la jeune femme prirent congé pour ensuite se diriger vers la plage. Une fois rendus, ils enlevèrent leurs chaussures et marchèrent sur le sable fin. Aucun n'osait parler, tous deux étant perdus dans leurs réflexions. L'un se demandant si leur relation sera assez solide pour survivre à ce qui arriverait, l'autre se disant qu'il était temps que le tout commence.

Phalie regarda l'homme qui se trouvait à ses côtés et le détailla subtilement. Elle était tombée amoureuse de cet homme dès leur première rencontre, lorsqu'il l'avait entraînée jusqu'à sa demeure pour lui apprendre une vérité qui allait changer complètement sa vie. Elle ne sut pourquoi, mais dès qu'elle avait posé son regard sur lui tout en elle avait changé. Avant, elle ne se sentait pas prête à tout dévoiler et à s'engager dans ce genre d'aventure, mais maintenant, plus rien n'était pareil. De sa main libre, elle attrapa son collier en forme d'éclair qui se trouvait à la base de son cou. Celui-là même qui prouvait son identité et qui était l'héritage de sa mère. Elle soupira d'aise, ce qui eut pour effet de distraire Dionysos de ses propres pensées.

— Que se passe-t-il ? Tu veux rentrer peut-être ?

— Non, non, pas du tout, Dio. C'est tout le contraire. J'aimerais rester éternellement comme ça… Sentir le sable chaud mêlé à l'eau salée sous mes pieds, le vent frais qui rafraîchit mon visage et, surtout, t'avoir à mes côtés. Je me sens vraiment bien depuis plusieurs minutes et j'ai complètement oublié tous les dangers qui nous guettent, de même que cette guerre qui arrive à grands pas.

La jeune femme cessa de marcher et se plaça devant Dionysos, pour le regarder droit dans les yeux. Ne résistant plus à l'envie qui montait en elle, elle se pressa fortement contre le corps chaud du jeune homme et colla ses lèvres, contre les siennes. Alors qu'elle passait ses mains dans le dos de Dionysos, ce dernier sentit un léger tremblement de terre sous ses pieds, tout comme plusieurs autres personnes présentes près d'eux qui, surprises, prirent leurs jambes à leur cou. Il ouvrit les yeux et la repoussa délicatement, pour ne pas montrer son malaise. Ce pouvait-il que la jeune femme soit la cause de ce séisme ?

— Il y a quelque chose qui cloche, Dio ? demanda-t-elle en se mordant la lèvre inférieure, mouvement qui fit fondre le jeune homme qui ne put s'empêcher de l'embrasser délicatement.

— Non, non. Seulement tous ces regards me mettent quelque peu mal à l'aise, répondit le dieu du vin en reprenant contenance.

— Tu préfèrerais qu'on retourne chez Ulysse?

Dionysos acquiesça, et ils prirent le chemin du retour sans cesser de se bousculer gentiment. Une fois arrivés à l'intérieur de la maison, ils se dirigèrent vers le salon, où se trouvaient leurs compagnons qui discutaient. Phalie leur souhaita de passer une bonne nuit et fila vers sa chambre, non sans effleurer la main de Dionysos au passage. Elle se changea en vitesse, puis alla s'installer à la fenêtre.

Quelques instants plus tard, elle entendit la porte de sa chambre grincer et des pas s'approcher doucement, mais elle ne bougea pas. Phalie sentit un souffle chaud dans son cou, ce qui la fit soupirer d'aise, puis des lèvres se poser délicatement sur celui-ci. Elle ferma les yeux, tout en agrippant délicatement la chevelure de l'homme derrière elle avec ses doigts, et gémit doucement lorsqu'elle sentit les mains de Dionysos lui caresser les hanches. La jeune femme se retourna pour faire face à cet homme qu'elle aimait plus que tout. Ce dernier la pressa tout contre la fenêtre, sans cesser de l'embrasser. Phalie remonta le haut de la tunique de Dionysos, la lança sur le plancher, où alla également s'effondrer sa tenue de nuit. Elle regarda Dionysos dans les yeux, avant de se faire soulever de terre et amener jusqu'au lit, où elle fut déposée délicatement, sans quitter ces yeux remplis de désir fixés sur elle. Elle fit signe à Dionysos de venir la rejoindre, ce qu'il s'empressa de faire une fois le reste de sa tunique enlevée. Cette nuit fut mémorable pour tous deux. Toutefois, ils ne furent pas les seuls à en profiter, puisque le ciel se camoufla sous d'innombrables étoiles filantes, au moment où l'Élue atteignit ce septième ciel tellement rêvé.

Dionysos rouvrit les yeux, lorsqu'il entendit ce qui lui semblait être des coups frappés à la porte de la pièce. Il empoigna une petite couverture avant de se lever, afin de couvrir correctement la jeune femme endormie à ses côtés. Il ouvrit la porte et se trouva nez à nez avec Ulysse, qui le détaillait, en retenant un fou rire.

— À ta place, je revêtirais un peignoir, sinon je pourrais avoir des vues sur toi.

— Très drôle, Ulysse. Que veux-tu à cette heure de la nuit, alors que je dormais paisiblement?

— Paisiblement, c'est le cas de le dire, oui!

Il éclata d'un rire léger, avant de continuer.

— Arès veut nous parler. Habille-toi et rejoins-nous au salon…

Ulysse partit d'un pas léger et rieur vers le salon, tandis que Dionysos fermait délicatement la porte et revêtait le bas de sa tunique. Avant de quitter la pièce, il embrassa le front de son amante, qui remua à peine. Il retrouva les deux hommes, en compagnie de Pénélope, confortablement installés dans des fauteuils. Par contre, leurs visages rieurs avaient disparu et étaient devenus beaucoup plus sérieux. Alors qu'il s'apprêtait à parler, Arès le devança.

— Tu as passé une belle nuit, Dio? Tu t'es bien régalé dans la chambre de ta compagne?

— Euh…

Ulysse ne put retenir son fou rire plus longtemps, tellement le visage déconfit du jeune dieu était bizarre.

— Tu as dû lui faire beaucoup d'effet, car le ciel ne s'était jamais comporté de la sorte, avant…

— Quoi, qu'a-t-il fait le ciel? demanda Dionysos en reprenant contenance.

— Il a disparu sous des milliers d'étoiles filantes, répondit Ulysse. C'était magnifique…

— Et vous pensez que c'est elle qui a provoqué ces événements?

— Nous en sommes certains, Dio. Tous ses sentiments provoquent quelque chose et la conséquence varie, en fonction de l'intensité qu'elle ressent, lui répondit Arès. Mais ce n'est pas pour cela que je vous ai fait venir. J'ai reçu de la visite tout à l'heure…

— Tu peux bien parler de Dio, Arès. Toi aussi tu en profites, coupa Pénélope, légèrement moqueuse.

— Ce n'est pas ce que tu penses, ma chère. Héra est venue m'annoncer l'endroit où Hadès comptait passer à l'action. Je vous raconte.

— Arès, j'ai quelque chose à te dire et ce n'est guère joyeux.

— Je t'écoute, Héra.

— Nous avons découvert l'endroit où Hadès comptait frapper accompagné d'une armée des plus redoutables. Il devrait arriver devant les portes de notre cité dans quelques jours.

— À Olympe? Pourquoi faire ça là-bas?

— Comme il compte détrôner Zeus, il croit peut-être

que le meilleur endroit pour l'humilier et le vaincre serait dans notre propre royaume.

— C'est totalement insensé… Il devrait s'en prendre à Phalie avant tout, car elle seule peut le détruire.

— Les jours s'assombrissent, Arès. Le Mal va bientôt attaquer et nous ne pourrons rien faire pour l'arrêter. Nous ne sommes pas assez puissants…

— Je ne peux pas croire que vous êtes plus faibles qu'Hadès et sa bande ? Olympe est remplie de dieux qui donneraient leur vie pour que cette cité reste comme elle est.

— Peut-être. Mais notre éclaireur nous a clairement précisé que l'armée du Mal est plus puissante que la nôtre, en raison de tous les monstres qu'elle comprend. Nous allons avoir besoin d'aide, Arès.

— D'accord, mais que veux-tu que je fasse de plus ?

— Tu dois amener des renforts, en plus de l'Élue. Elle seule peut nous aider. Elle a été choisie par nous, parce qu'elle est plus forte que n'importe lequel d'entre nous. Tu dois venir rapidement à Olympe…

— Je vais essayer de faire vite, Héra. Tu peux compter sur nous.

Aucune des quatre personnes présentes ne savait comment réagir à cette nouvelle. Olympe attaquée! Un craquement les fit sortir de leur léthargie et tous se retournèrent d'un même mouvement pour voir apparaître celle qu'ils considéraient comme l'Élue. Cette dernière était sortie de sa chambre quelque temps après Dionysos, après avoir revêtu sa tenue de nuit, et avait écouté leur conversation.

— Donc, Hadès va attaquer Olympe et ils ont besoin de renforts, c'est exact? demanda-t-elle en brisant le silence qui s'était installé. J'aurais dû savoir qu'il allait s'en prendre à votre cité. Alors, nous devons faire vite. Sinon, tout va tomber et aucun bien ne restera.

— C'est exact. Mais comment sais-tu tout cela, Phalie? demanda Arès.

— J'ai rencontré Déméter il y a quelque temps et c'est ce qu'elle m'avait dit. Donc, que proposes-tu?

16.

Au matin, tous les cinq étaient rassemblés, à la porte du village. Phalie transportait un petit baluchon, lequel contenait provisions et couvertures. Arès et Dionysos se trouvaient devant elle et tentaient de lui donner des conseils ou des arguments contraires, tandis que Pénélope et Ulysse les regardaient avec un visage triste, sachant dans quoi ils s'embarquaient tous les trois.

— Écoute Dio, ça risque d'être beaucoup plus facile si je pars seule, et je crois que je suis plus en mesure que vous de les convaincre de nous suivre.

— Je sais, mais j'ai peur pour toi, ma belle. Tu prends beaucoup de risques en partant seule.

— Je ne risque pas tant que ça. Je vais être très prudente, et je ne défierai pas n'importe qui… Je vais essayer d'éviter tout affrontement.

— Tu trouveras un village à quelques lieux d'ici, commença Arès. Là, tu devrais y trouver plusieurs hommes. Sois tout de même prudente, on ne sait jamais.

Phalie regarda les personnes devant elle et leur fit un large sourire…

— Ne vous inquiétez pas, je serai extrêmement prudente et je ne vous décevrai pas.

— Une dernière chose… Essaie de garder ton médaillon en forme d'éclair bien en vue… Ça va te donner une chance.

— Merci Arès… Merci pour cet entraînement, Ulysse, et merci pour le toit, Pénélope. J'espère qu'on se reverra.

— Je n'en doute pas une seconde, lui répondit Pénélope.

C'est sur ces dernières paroles que l'Élue partit sur une route qui lui était totalement inconnue, à la recherche d'hommes possédant la force de défendre la plus puissante cité de ce monde.

Une fois la jeune femme hors de vue, Dionysos et Arès se tournèrent vers leurs hôtes. Pénélope s'avança vers Arès et le serra fortement dans ses bras, tandis que Dionysos saisit la main tendue d'Ulysse.

— Fais très attention à toi, Arès. Veille bien sur

cette petite, car elle est encore jeune pour connaître vraiment tout le mal qui rôde autour de chaque personne.

— Ne t'inquiète pas, Pénélope, elle sera sous bonne garde.

— Je suis ravi de t'avoir rencontré, Dionysos.

— Moi de même, Ulysse. J'aurais préféré que ce soit dans d'autres circonstances, mais on ne choisit pas son destin.

— Tu as tout à fait raison… Fais bien attention à toi et à ta charmante copine.

Avant qu'il n'ait eu le temps de répondre, Arès s'approcha d'eux, suivi de Pénélope, et leur indiqua qu'ils devaient partir. Puis, sans attendre davantage, les deux hommes disparurent aux yeux de leurs amis. Ces derniers restèrent quelques instants à regarder devant eux, avant de rebrousser chemin et de se diriger vers leur maison.

Phalie avançait droit devant elle, gravissant des petites collines, pour les redescendre quelques minutes plus tard de l'autre côté. Elle traversa plusieurs champs totalement vides ainsi que plusieurs rivières.

Lorsque le soleil se coucha, elle se trouva un petit endroit en retrait et s'alluma un feu, avant de manger et de s'endormir.

Dionysos et Arès apparurent devant la porte du palais d'Olympe. D'un même mouvement, ils levèrent la tête vers la plus haute tour, où ils savaient que Zeus se trouvait avec sa femme. Puis, sans se consulter, ils firent dos à la porte, pour regarder la plaine devant eux, là où devrait se dérouler cette guerre qu'ils attendaient tous avec crainte et impatience.

— Elle arrivera à temps, commença Dionysos…

— … et peu importe ce qui adviendra, continua Arès.

— … elle arrivera, dit une voix féminine derrière eux.

Les deux hommes se retournèrent et virent Aphrodite devant la porte, leur souriant.

— Vous ne devez pas vous inquiéter, elle arrivera à s'acquitter de sa mission. Je connais l'amour que vous avez pour cette Élue, mais il vous faut penser à votre propre tâche. D'ailleurs, à ce sujet, Zeus vous attendra demain matin…

Les deux hommes hochèrent la tête et suivirent la déesse à l'intérieur.

Elle quittait l'hôpital pour retourner chez elle. Il pleuvait à grosses gouttes, et la jeune fille tenait son parapluie d'une main, tout en essayant de se rappeler ce qui s'était passé la nuit dernière : avait-elle été empoisonnée ? C'était pratiquement impossible. Elle regarda sa tante et son oncle, tour à tour, puis elle sentit un picotement sur sa nuque, comme si on l'observait. Elle se tourna et remarqua un homme vêtu d'une cape verte qui la regardait. Ce dernier lui fit un signe discret et lui demanda de s'approcher. Il lui tendit un bout de parchemin qu'elle mit dans la poche droite de son petit manteau. Puis, l'homme se retourna et partit en sens inverse. La jeune fille courut rattraper sa tante et son oncle, leur racontant que ses lacets s'étaient détachés.

Une fois dans sa chambre, elle retira le papier de sa poche, le retourna plusieurs fois dans ses mains et vit une inscription inscrite à la main sur le dessus : « Après notre mort, tu pourras l'ouvrir, ma fille ! » Ma fille ? L'enfant de huit ans ne comprenait pas vraiment… Ce message avait-il été écrit par ses parents ? Elle décida de ne pas prendre de risque, et de lire le parchemin une fois qu'elle serait au lit. Elle se dit également qu'elle devrait le recopier.

Plusieurs heures plus tard, la jeune fille sortit du bain, souhaita bonne nuit à sa tante et à son oncle et monta à sa chambre. Par la suite, elle sortit le parchemin, prit une plume et commença sa lecture de l'original tout en le recopiant :

Année 46

Ma belle petite fille,

Si tu as reçu cette lettre, c'est que le pire s'est produit. Ton père et moi ne sommes certainement plus de ce monde. Je sais que ça doit être pénible pour toi de lire ceci, mais c'est pire pour moi de te l'écrire. Je veux que tu saches la raison de notre mort. Voilà pourquoi un de mes amis t'a remis cette lettre.

Il y a plusieurs années, ma mère (ta grand-mère) a hérité d'un médaillon en forme d'éclair, que tu possèdes maintenant à ton tour. Ce collier signifie qu'elle devait accomplir une mission, laquelle consistait à tuer l'un des plus puissants dieux. Celui-ci est le dieu des morts, et il veut détruire toutes les beautés qu'il y a sur notre terre! Ta grand-mère a été tuée, il y a plusieurs années... Sa mission étant inachevée, les dieux me l'ont confiée. J'ai vraiment essayé, avec l'aide de ton père, de vaincre Hadès, mais hélas, sans résultat. Il a toujours tenté de s'en prendre à toi, mais on l'a constamment empêché. Par contre, aujourd'hui, c'est sur toi que repose cette mission. C'est à toi que revient le rôle d'Élue.

L'homme qui nous a tués a aussi supprimé ton futur petit frère. Si tu as des questions, les dieux sont là pour t'aider. Tu peux leur faire confiance, toi, l'Élue! Tu pourras facilement communiquer avec Arès ou Zeus. Arès était mon protecteur, durant ma mission. Seulement, j'ai échoué. Les dieux t'en confieront un, également…

Je te souhaite de vivre heureuse et de gagner cette guerre qui doit se terminer. Nous continuerons toujours, et à jamais, à veiller sur toi, ma puce!

Nous t'aimons, ma belle!

Ta Maman et ton Papa!

x x x

Phalie ne pouvait empêcher ses larmes de couler. Elle venait de lire un souvenir, écrit de la main de sa mère, et trouvait que c'était le plus beau cadeau que celle-ci pouvait lui avoir fait. Elle ne comprenait pas ce qu'elle venait de lire, mais elle se promit de faire des recherches sur les noms que sa mère avait écrits. Alors qu'elle s'apprêtait à ranger la lettre dans une petite boîte en métal qu'elle gardait bien cachée sous son lit et qui comportait tous les souvenirs de sa vie avec ses parents, la porte s'ouvrit avec fracas et son oncle apparut dans l'embrasure de la porte.

— Que fais-tu là? Pas encore couchée, jeune fille?

Phalie ouvrit brusquement les yeux. Elle se rappelait maintenant cet incident. Elle avait remercié le ciel d'avoir laissé la copie originale de la lettre sur son bureau, et d'avoir placé la fausse dans la boîte que son oncle lui avait prise ce soir-là. Elle n'avait jamais compris pourquoi il lui avait enlevé tous ses souvenirs, mais depuis ce fameux soir, elle n'avait jamais pu avoir le droit de reparler de la mort de ses parents ni même de prononcer leur nom.

La jeune femme prit quelques minutes pour revenir à elle avant de reprendre la route. Durant le trajet, elle repensa à l'endroit où elle avait caché la lettre, laquelle se trouvait maintenant chez Dionysos, puisqu'elle l'avait dissimulée dans le cadre où se trouvait sa photo de famille.

Quelques heures plus tard, elle put apercevoir l'entrée du village, dont Arès lui avait parlé. Elle fut quelque peu soulagée, mais garda cependant une main sur le manche de son épée, alors que de l'autre, elle tenait son petit baluchon. De loin, elle pouvait voir plusieurs enfants jouer dans les rues, mais lorsqu'elle arriva, plusieurs femmes sortirent de leur maison pour les inciter à entrer. Puis, elles fermèrent les portes et les fenêtres à double tour. Phalie fut quelque peu intimidée face à ce comportement, mais jugea que celles-ci devaient être peu accoutumées aux visiteurs. Elle continua de regarder autour d'elle. Elle vit alors devant elle une jeune femme qui marchait dans sa direction. L'inconnue semblait avoir le même âge que Phalie, et celle-ci était également armée d'une épée. Elles s'arrêtèrent toutes deux en même temps, en laissant une distance raisonnable entre elles. Soudain, la jeune femme sortit son épée d'un mouvement rapide et la pointa sur le cou de Phalie, sans la quitter des yeux. Phalie ne broncha pas, mais elle garda néanmoins la main gauche sur sa propre arme et se contenta de détailler la jeune femme devant elle : cheveux couleur d'ébène, yeux gris acier et tunique noire, laquelle contrastait fortement avec la blanche de Phalie.

— Quel est ton nom, étrangère ? Pourquoi avoir pénétré dans mon village ?

— Je me nomme Phalie et je suis à la recherche d'hommes capables de manier une épée et qui n'auraient pas peur des adversaires qu'ils devront affronter. Je crois savoir qu'il existe bon nombre de ces hommes dans votre village.

— Et pour quelle cause, combattront-ils?

— Pour défendre la cité d'Olympe.

La jeune femme vêtue de noir baissa son arme et rebroussa chemin.

— Suis-moi.

L'Élue la suivit jusque dans une petite maison, au centre du village. Elle fut abandonnée dans une pièce qui semblait être le salon. L'autre jeune femme ressortit prestement. Durant ce temps, Phalie fit le tour de la pièce et vit plusieurs cadres posés sur des étagères. Sur une photo se trouvaient un homme et une femme tenant une fillette par la main. Ces dernières avaient toutes les deux des cheveux d'un vert éblouissant, et l'homme les regardait amoureusement. Elle allait reposer le cadre, lorsqu'un craquement se fit entendre derrière elle. Elle se retourna et vit la jeune femme aperçue plus tôt en compagnie d'un vieil homme. Phalie reposa le cadre délicatement et se dirigea vers eux, alors que la jeune femme installait l'homme dans un fauteuil. Ce dernier ne quitta pas l'Élue du regard.

— Peut-être voulez-vous savoir qui sont les gens sur la photo que vous teniez dans vos mains, tout à l'heure ? demanda le vieillard d'une voix rauque.

— En effet, j'aimerais bien monsieur. J'ai l'impression de les connaître et de vous connaître également… ment…

— C'est impossible. Tu ne peux pas connaître mon père, puisqu'on ne t'a jamais vue ici, s'exclama la jeune femme vêtue de noir.

— Allons, laisse cette jeune fille tranquille… Et le vieillard poursuivit : cet homme se trouvait être mon frère. La femme, quant à elle, était bien entendu son épouse et la fillette, leur fille. Seulement, ils n'habitaient pas dans ce village et ne venaient que très peu souvent nous rendre visite… Par chance qu'il existait des parchemins, parce que sans cela nous ne serions au courant de rien.

— Pourquoi parlez-vous au passé ?

— Parce qu'ils sont morts depuis maintenant dix ans… Dix longues années, d'un assassinat atroce, qu'aucune police n'a encore pu élucider. Mytho, il s'appelait… Cela étant dit, j'aimerais bien connaître votre nom, maintenant.

— Je m'appelle Phalie, monsieur. Et votre frère possède le …

Phalie dut s'interrompre, car le corps du vieillard se crispa complètement, lorsqu'il entendit le nom qu'elle prononça. Les yeux de l'homme devinrent vitreux et ne quittèrent ceux de Phalie qu'au moment où Phalie se fit conduire à l'extérieur par la jeune femme qui l'accompagnait. Puis, celle-ci envoya un homme s'occuper de son père.

Ce fut Phalie qui brisa le silence. Elle se posait trop de questions et elle devait trouver des réponses.

— Votre père est-il souffrant en ce moment?

— Oui, encore un peu. Après la mort de mon oncle, j'ai dû l'envoyer à l'hôpital du Grand Espriota.

— Du Grand Espriota? Mais pourquoi donc?

— Cet hospice traite différentes personnes qui ont perdu la raison, dont mon père. Celui-ci se croyait possédé par l'esprit de son frère, qui, croyait-il, lui avait donné comme mission de retrouver sa fille et de bien veiller sur elle.

— Votre oncle s'appelait Mytho, n'est-ce pas? D'après ce que votre père a dit…

— Oui, c'est cela. Et sa femme s'appelait…

— Cillia.

— C'est exact… Mais comment le sais-tu?

— Parce qu'en fait ces personnes sont mes parents. Ceux-ci ont été assassinés, il y a maintenant dix ans, par un être dans lequel il n'existe rien de bon.

— Et ce collier que tu portes? Celui en forme d'éclair…

— Il m'a été donné par ma mère le jour de mon huitième anniversaire, soit le matin de sa mort. Ce médaillon prouve mon identité…

— Tu serais l'Élue? Si ce que tu dis est vrai, que tu es réellement la fille que mon père doit retrouver et aider, il pourrait sûrement guérir…

Les deux jeunes femmes retournèrent à l'intérieur, où se trouvait toujours le vieillard, tenant précieusement la photo représentant la famille de Phalie dans ses mains. La jeune femme s'accroupit devant lui et releva son visage.

— Père, ton problème sera résolu si tu écoutes cette fille, ma cousine. Elle est la jeune fille que Mytho, ton frère, t'a demandé de retrouver. Elle est l'Élue, celle qui remplace Cillia…

Voyant que son père ne sortait pas de sa torpeur, elle fit signe à Phalie de s'approcher du vieillard.

— Monsieur, si vous saviez à quel point je suis heureuse de vous retrouver. J'ignorais que j'avais encore de la famille quelque part, puisque cela fait dix ans que je vis avec des imposteurs… Je suis Phalie, fille de Mytho et de Cillia, tous deux morts durant l'an 46. À sa mort, ma mère m'a légué un cadeau dont je ne voulais pas au début… Mais, maintenant, je ne regrette absolument pas d'avoir continué… Je suis l'Élue, mon oncle.

17.

Dionysos se dirigea vers la plus haute tour du palais d'Olympe. Aphrodite leur avait dit, à Arès et à lui, que Zeus les attendrait ce matin même. C'est pourquoi, dès son réveil, il s'était lavé et avait filé vers la pièce où le dieu du ciel recevait ses invités. Une fois rendu, il ne fut guère surpris de voir qu'Arès était déjà là, bien installé dans un fauteuil.

— Serais-je en retard, Zeus?

— Bien sûr que non, Dionysos. C'est juste que mon fils n'avait rien à faire ce matin, et c'est la raison pour laquelle il est venu si tôt.

Arès lui fit un léger signe de la main, lui signifiant de laisser tomber, et l'invita à s'asseoir à ses côtés. Zeus se décida à prendre la parole, après leur avoir donné une coupe de vin. Cependant, aucun des deux hommes n'osait lui dire que boire tôt le matin était déconseillé. Dionysos ne fit que tremper ses lèvres dans le liquide, sans en boire. Être le dieu du vin ne faisait pas de lui un homme qui buvait tôt le matin, au contraire, il buvait très peu, mais c'était toutefois grâce à lui si les hommes trouvaient du si bon vin à Phtie.

— Vous devez sûrement vous douter que je ne vous ai pas fait venir ici, pour rien, commença Zeus, après avoir vidé sa coupe. Je vois que vous avez osé laisser partir l'Élue, seule, quérir les renforts que j'avais demandés…

— C'est qu'elle a insisté pour y aller seule, Zeus, rétorqua Dionysos. Nous avons bien tenté de l'empêcher, mais vous devez savoir qu'elle est très têtue…

— Oui, ça, je n'en doute pas. Comme sa mère, n'est-ce pas Arès?

— C'est vrai. Tout comme sa mère…

— Bon. Puisque nos renforts n'arriveront pas tout de suite, nous devons nous préparer au pire. Pour commencer, il va falloir mettre les femmes et les enfants à l'abri. Dio, tu t'occuperas de cette tâche. Quant à toi, Arès, je veux que tu ailles chercher les hommes forts qui sont capables de manier une arme, que ce soit un arc, une épée, ou un bâton. Nous aurons besoin de tout le monde. Ensuite, demeurez auprès de ces hommes…

Les deux hommes hochèrent la tête et partirent rapidement s'acquitter de leur tâche. Pendant ce temps, Zeus envoya un enfant sonner les cloches du palais pour signaler l'urgence, et demanda à voir Hermès, le messager. Ce dernier arriva quelques secondes plus tard, en volant autour de lui.

— Hermès, mon ami, l'heure est grave. Je veux que tu partes retrouver l'Élue, et que tu lui indiques le chemin jusqu'ici.

— Parfait, Zeus.

Le petit homme partit comme une flèche par la fenêtre de la tour, vers l'horizon.

En entendant les paroles de la jeune femme aux cheveux verts devant lui, le vieillard se leva d'un bond et se dirigea vers la cheminée.

— C'est pour toi, mon frère, murmura-t-il…

Il se retourna de manière si brusque que sa fille sursauta. Elle l'avait rarement vu bouger aussi vite depuis le meurtre de son oncle et de sa tante. Elle lui fit un charmant sourire.

— Que fais-tu encore ici, Mya? Ta cousine nous a fait une demande. Va chercher Achille et trouve-nous des hommes forts qui sont prêts à risquer leur vie pour aider l'Élue, celle que nous attendions depuis si longtemps.

La jeune femme partit en courant dans les couloirs, hurlant des ordres aux soldats postés un peu partout. Phalie resta donc seule avec cet homme, qui était un membre de sa famille; elle qui croyait que toute sa famille avait complètement disparu. Elle s'approcha de lui, prit ses mains dans les siennes et les pressa doucement.

— Je suis contente de voir que ma famille n'a pas été entièrement détruite par le Mal. Je vous remercie, monsieur, de l'aide que vous m'offrez…

— Je le fais parce que j'ai fait une promesse à mon frère, ton père. Depuis toujours, je lui ai juré que si jamais tu posais les pieds dans mon village, je mettrais tout en œuvre pour t'aider, peu importe la raison pour laquelle tu viendrais ici.

— Merci beaucoup, monsieur. Au nom de mon père, je vous en serai éternellement reconnaissante…

— Appelle-moi Ithelh. Et puis, ne me vouvoie pas.

— Merci bien, mon oncle, je ne t'oublierai pas.

Phalie embrassait le front du vieil homme, lorsque sa fille, joyeuse et excitée, revint.

— Père, Achille arrive… Viens voir les hommes que nous avons trouvés, Phalie.

L'Élue sortit de la maison, entraînant le vieil homme à la suite de Mya. Ce qu'elle vit la laissa sans voix. Tant d'hommes pour l'aider à mener son combat. Elle fit le tour de chacun pour savoir s'ils étaient prêts à affronter diverses créatures maléfiques et à tuer d'autres hommes. Elle leur sourit, fière.

— Phalie, je crois savoir que tu connais Achille, mon petit copain.

La jeune femme se retourna en entendant la voix de sa cousine. Lorsque son regard croisa celui du guerrier légèrement en retrait, un énorme sourire apparut sur ses lèvres, et elle se précipita dans les bras musclés de cet homme qu'elle n'avait pas vu depuis plusieurs semaines. Achille la serra fortement contre lui, en souriant.

— Si vous continuez comme ça, je vais commencer à être jalouse…

— Je suis désolée, Mya, mais ça fait longtemps que je ne l'avais pas vu… C'était donc ici que tu venais, quand tu m'as dit que tu avais des choses à régler ailleurs.

— Oui, je devais venir voir si tout allait bien…

Phalie hocha la tête, avant de retourner vers la petite armée qui se trouvait devant elle. Elle monta sur une petite boîte qu'un des soldats lui avait apportée. Elle regarda tous les hommes, avant de prendre la parole.

— Les temps s'assombrissent mes amis, il faut faire vite… Nous devons partir pour la cité d'Olympe, dès que possible. Vous ne devrez apporter que le nécessaire, c'est-à-dire provisions, couvertures et armes. C'est tout.

Elle prit une légère pause, pendant laquelle elle put entendre les divers chuchotements provenant de la foule.

— Le combat dans lequel je vous entraîne exige de n'avoir peur de rien, car les adversaires que vous verrez ne seront pas tous humains… J'ignore à quoi ils ressembleront, mais je peux par contre vous assurer qu'ils seront forts. Toutefois, je ne peux partir en laissant les femmes et les enfants seuls ici… C'est pourquoi je demande aux soldats qui veillaient sur la maison du chef de bien vouloir garder un œil sur tout le village. Si jamais vous apercevez quelque chose qui ne vous semble pas normal, ne prenez pas de risque et amenez tout le monde dans un endroit qui vous semblera sûr. Il ne faut absolument rien laisser au hasard.

— Le hasard n'existe pas! s'écria Mya. rapidement suivie par les cris des hommes présents.

Phalie leur sourit et descendit de son estrade, après avoir déclaré qu'ils quitteraient le village dans moins d'une heure.

À plusieurs lieues de l'endroit où se trouvait l'Élue, un homme sortit d'un immense palais noir et se dirigea vers le bord du ravin qui se trouvait à l'extrémité sud de son domaine. Il était suivi de deux personnes marchant à petits pas très rapides. Ce qu'ils pouvaient discerner à une telle hauteur n'était qu'une énorme masse noire. En fait, il s'agissait de milliers d'hommes vêtus d'une lourde armure noire, lesquels étaient accompagnés de centaines de monstres inconnus, sans compter les quelques dragons qui volaient au-dessus d'eux.

L'homme leva une main pour signifier le silence, lequel se fit progressivement avant qu'il ne prenne la parole.

— Il est temps pour nous d'avancer! Nous allons

les détruire, et ce, jusqu'à la dernière parcelle de vie. Il ne doit y avoir aucun survivant, tous doivent périrent! Cependant, ne vous attendez pas à ce que ce soit facile, car ces hommes et ces femmes ne seront pas sans ressource. Ce sont avant tout des guerriers. Il ne faut rien laisser au hasard, car eux ne le feront pas.

Ses paroles furent accueillies par d'innombrables cris, qu'il fit aussitôt taire avec la main. Un sourire carnassier apparut sur ses lèvres, et il reprit la parole.

— Je compte sur chacun d'entre vous pour ne pas me décevoir… Et si jamais c'était le cas, je m'assurerai personnellement de votre mort. Vous devez me faire honneur, et, à ce moment, le pouvoir sera en notre possession! Nous régnerons sur ce monde en le rendant plus puissant…

L'homme fit un mouvement de la main, et tous les soldats rassemblés plusieurs mètres plus bas se tournèrent pour se mettre en route d'un même pas. L'homme à la cape éclata d'un rire sonore, avant de repartir vers son palais afin de se préparer à suivre son armée.

— Seras-tu capable de survivre à cette armée, Élue?

— Phalie, il se fait tard… Les hommes ont bien mérité un repos pour la nuit, non ? demanda Mya en criant pour couvrir la distance qui la séparait de la jeune Élue.

La jeune femme s'arrêta et regarda les visages qui se trouvaient derrière elle, et vit que tous étaient complètement épuisés. Elle jeta un coup d'œil vers Achille qui se trouvait à ses côtés. Ce dernier hocha affirmativement la tête, avant de se tourner vers les hommes.

— Encore un petit effort ! Nous approchons d'une immense grotte, où nous pourrons passer la nuit pour nous reposer.

Phalie le remercia et le suivit jusqu'à la grotte, où ils firent entrer leurs hommes avant de pénétrer à leur tour. Elle les laissa s'installer brièvement, avant d'allumer un feu par magie. Les hommes la regardèrent, l'air surpris, n'ayant pour la plupart jamais vu une personne s'exécuter ainsi. Phalie leur sourit, et les invita à aller se réchauffer et manger les quelques provisions qu'ils avaient emportées.

Alors qu'il faisait complètement nuit, et qu'elle

surveillait les alentours pour s'assurer qu'aucune attaque n'aurait lieu, elle perçut un rapide mouvement dans le ciel qui se dirigea droit sur elle. Elle se leva, sortit de la grotte, et attendit patiemment que la chose se rapproche un peu plus. Seulement, lorsque celle-ci voulut l'arrêter avec son épée, « l'ombre volante » toucha le sol et fit plusieurs tonneaux avant de s'immobiliser.

— Satané atterrissage ! Va falloir que je corrige cela, sinon il pourrait m'arriver quelque chose de vraiment fâcheux !

L'étrange apparition qui avait attiré son attention était en fait un petit homme, qui ne dépassait pas les genoux de Phalie. Celui-ci avait un visage rond et des cheveux clairs. Sur son dos se trouvait quelque chose de merveilleux aux yeux de la jeune femme : de magnifiques ailes d'un blanc ivoire. Phalie s'approcha et s'accroupit à ses côtés, en toussotant.

— Ah ! Vous voilà, ma chère dame. Je suis venu sous l'ordre de Zeus, et ce, dans le simple but de vous ramener à Olympe…

— Cela me convient tout à fait, car je craignais d'arriver trop tard, ne connaissant pas très bien le chemin. Seulement, il faudrait réveiller mes hommes…

— Sans problème, ma petite dame !

Sans attendre davantage, il sortit une petite trompette, qu'il avait placée dans un endroit que Phalie n'avait pu discerner, puis il se mit à jouer une étrange mélodie à réveiller les morts. Tous les hommes, y compris Mya et Achille, se levèrent d'un bond et regardèrent le petit homme, avec des regards furieux, pour certains, et interrogateurs, pour d'autres.

— Que se passe-t-il, bon sang? Pourquoi nous réveiller si tôt? demanda l'un des soldats volontaires d'une voix furieuse.

— Il se passe que vous devez tous vous lever, si vous voulez vous rendre à Olympe…

— Et toi, qui es-tu? demanda un autre homme en s'approchant d'un air menaçant.

— Je suis Hermès, fils de Zeus et de Maia. Je suis ici pour vous indiquer le chemin à prendre de façon rapide. Pour cela, nous devons partir, immédiatement!

— Je savais que votre visage me disait quelque chose… Vous étiez avec Charon, il y a de cela plusieurs semaines?

— C'est exact. C'est moi qui vous ai fait cette légère entaille sur votre avant-bras…

— Mais si vous êtes ici, où est donc Charon?

— Je suis désolé de vous apprendre cette nouvelle,

mais Charon a trouvé la mort quelque temps après votre départ. Et personne n'a rien vu.

Des milliers d'hommes étaient déjà alignés, lorsque Dionysos et Arès arrivèrent après s'être acquittés de leur mission respective. Le premier avait un visage totalement fermé qui ne laissait percevoir aucune émotion, alors que le second affichait sur son visage un sourire béat. Ils étaient ravis de voir tous ces hommes et tous ces dieux rassemblés dans le but de défendre leur honneur et leur demeure céleste. D'un commun accord, tous deux se dirigèrent vers l'avant pour faire face aux soldats. Sans quitter son sourire, Arès prit la parole :

— L'heure est grave, les amis… Hadès est à nos portes, suivi par une bande de monstres et d'hommes assoiffés de sang et de meurtres. La guerre tant redoutée est maintenant proche… Cependant, nous ne serons pas seuls, face à cette armée, car l'Élue combattra avec nous, à nos côtés! Elle sera là pour nous défendre et, de plus, elle nous permettra enfin de voir l'espoir de la victoire!

— L'Élue serait donc une femme? s'écria l'un des

soldats, qui se trouvait tout juste au centre de l'armée.

— En effet, il s'agit bel et bien d'une femme. Ravissante, d'ailleurs…

— Comment une simple femme pourrait-elle réussir là où nous avons échoué ? Et, qui plus est, face à un dieu plus puissant que nous ?

— Vous le saurez bientôt, mon ami…

— Arès, regarde ! s'écria Dionysos qui s'était tourné vers l'horizon.

Tous les soldats se turent, et Arès se retourna pour voir ce que lui montrait son compagnon. D'énormes nuages perçaient l'horizon et chacun des guerriers présents pouvait entendre des bruits sourds d'armures ainsi que d'affreux cris provenant des soldats noirs.

— Hadès et son armée approchent ! Préparez-vous ! Ils ne devraient arriver que dans plusieurs heures, cria Dionysos.

Le groupe qui suivait l'Élue marchait péniblement sous un soleil intense, mais aucun ne se plaignait… C'est pourquoi la jeune femme se fit clémente et permit à ses hommes de se reposer à plusieurs reprises.

— Vous portez un bien lourd fardeau sur vos épaules, Élue, commença Hermès, une fois qu'ils reprirent la route. Si vous parvenez à vaincre la prophétie, vous serez libre, ainsi que toutes les personnes de notre monde, car si le monde tourne du côté du Mal, plus rien ne sera comme avant… Mais la prophétie l'a dit : « Un seul devra mourir… »

— En effet. Mais si je le fais, c'est pour l'honneur de ma famille. Ainsi, ma mère ne sera pas morte pour rien, et n'aura pas fait en vain tout ce qu'elle a fait durant toutes ces années.

— Votre mère était une femme incroyable, mais elle n'avait pas la force pour réussir… Ce n'était pas facile pour elle d'unir sa propre famille avec sa mission…

— Il est vrai que ce destin demande énormément d'énergie. Cependant, je crois qu'elle aurait été capable de réussir, si seulement elle avait pu…

— AAAAAAaaaaaaaaaaaaaah…

Un énorme cri provenant de l'arrière du groupe l'empêcha de continuer. La jeune femme fit rapidement demi-tour et se dirigea vers Mya qui se trouvait au bout de la file.

— C'est toi qui as crié comme ça? lui demanda Phalie en gardant son calme.

— Non, le cri provenait des bois…

Phalie hocha la tête et avança prudemment jusqu'à l'orée de la forêt. Elle s'apprêtait à y pénétrer lorsque le messager arriva devant elle en lui barrant la route.

— Vous ne comptez tout de même pas vous rendre là-bas?

— Cette personne a sûrement besoin d'aide…

— Nous ne pouvons pas retarder notre arrivée au combat, ce serait de la folie!

— Hermès, attendez-moi cinq petites minutes, et si je ne suis toujours pas revenue après ce temps, partez sans moi. Je vous rejoindrai à la cité.

Hermès hocha la tête avec réticence, puis Phalie continua d'avancer, jusqu'au moment où Mya l'empoigna par le bras.

— Je t'en prie, sois prudente… On a encore besoin de toi, ici.

La jeune femme lui sourit et pénétra dans la forêt…

L'armée d'Hadès avançait à une vitesse fulgurante. Depuis que le dieu des morts en possédait le contrôle, celle-ci n'avait jamais perdu une bataille, finissant toujours par arriver à ses fins. Hadès se trouvait sur un cheval noir, suivi par deux de ses fidèles serviteurs : l'homme et la femme que Phalie avait pris durant dix ans comme des membres de sa famille.

— L'Élue entre dans la forêt, mon seigneur, annonça la femme, en s'inclinant légèrement sur le dos de son cheval.

— Beau travail, Syrie. Nous allons arriver avant elle, et Zeus perdra ce combat. Mais, encore mieux, ce sera à cause du trop grand cœur de cette jeune femme qu'ils considèrent tous comme étant l'Élue. Surtout, veille à ce qu'elle s'enfonce bien profondément dans cette forêt, Syrie.

— Bien, mon seigneur...

La femme fit reculer sa monture pour être derrière son maître. Aussitôt Hadès éclata d'un rire sonore, dont les soldats qui se trouvaient à la cité d'Olympe perçurent très aisément.

Tous pouvaient entendre les soldats noirs approcher, mais aucun ne pouvait vraiment les voir. Le rire qui résonna dans l'espace fit trembler leurs entrailles… Que pouvait-il se passer pour provoquer une telle joie chez leurs ennemis?

Ce fut Arès qui aperçut le premier les formes des monstres se trouvant à l'intérieur de l'armée d'Hadès. Il fit un pas vers l'arrière, choqué de voir tant d'horreur dans une même armée : dragons, loups-garous, trolls… Mais il y avait également trois formes que personne ne pouvait encore percevoir de l'endroit où ils se trouvaient. Il s'agissait des trois femmes les plus redoutables de leur monde. Très peu avaient réussi à survivre en leur présence et plusieurs d'entre eux furent transformés en statues de pierres à leur simple contact. Les Gorgones : Sthéno, Euryale et Méduse marchaient toutes trois parmi les hommes d'Hadès.

Arès regarda sa propre armée et vit avec soulagement les dieux qui se trouvaient avec eux : Poséidon, Athéna, Artémis et Déméter étaient tous des êtres forts. Bien sûr, dans la plus grande tour se trouvaient Zeus et Héra, prêts à intervenir à la moindre occasion. Le dieu de la guerre fit un signe à chacun d'entre eux, leur montrant ainsi que l'heure approchait rapidement, et que l'Élue ne tarderait pas à apparaître. Cependant, ils devraient sûrement commencer le combat sans elle…

18.

*P*halie avançait rapidement entre les branches, suivant le cri. Ce qu'elle trouvait étrange, c'était ce son qui avait la même force depuis le début, la même sonorité...

— Au secours! Aidez-moi, s'il vous plaît!

La jeune femme ne ralentit pas sa cadence, coupant avec son épée toutes les branches qui l'empêchaient d'avancer rapidement. Après plusieurs minutes, elle sentit la bague que la déesse Déméter lui avait remise se mettre à chauffer et à briller. Phalie s'arrêta et fit tourner la bague autour de son doigt. Aussitôt, une voix féminine s'en échappa.

— Élue, tu dois sortir de cette forêt rapidement... Le cri que tu entendais n'était qu'une illusion... Un piège que te tendait Hadès pour te ralentir et t'empêcher d'atteindre ton but avant lui. Tu dois immédiatement rebrousser chemin et rejoindre ton armée pour nous aider. On peut voir l'infâme bataillon d'Hadès de l'endroit où nous sommes, ce qui signifie qu'il ne reste que quelques heures avant qu'il n'arrive. Je peux t'assurer que son armée n'a rien de bienveillant. À l'intérieur s'y trouvent trois sœurs très puissantes…

— D'accord. Je vais tenter de retrouver mon chemin…

— J'envoie quelqu'un te sortir de là… Mais fait vite, Élue.

La bague cessa ses opérations magiques, au moment même où la voix s'estompa. Phalie attendit quelques secondes, avant de voir apparaître un grand cerf au relief doré. Elle sourit en remerciant mentalement la déesse et monta doucement l'animal. La jeune Hikouïs franchit la distance qu'elle avait parcourue précédemment en plusieurs minutes, en seulement quelques secondes cette fois-ci. Elle respira librement une fois sortie de cette forêt, mais ne vit cependant aucun de ses compagnons, ce qui lui fit perdre légèrement son sourire et son calme. Elle voulut descendre de l'animal, mais ce dernier en avait décidé autrement et celui-ci repartit au galop sur le sentier.

Au bout d'un moment, qui lui sembla durer une éternité, elle put apercevoir ses compagnons et tous ses hommes qui les accompagnaient. Achille se trouvait à l'arrière, lorsqu'il entendit des bruits de sabots. Il s'arrêta aussitôt et se retourna. Ayant aperçu son mouvement, tous les hommes s'arrêtèrent également. Il fut rejoint par Mya et Hermès, et, ensemble, ils attendirent l'arrivée de l'Élue et de sa monture.

Une fois près d'eux, la jeune femme descendit de l'animal et le caressa, pour finalement lui donner une carotte qui traînait dans ses provisions. Par la suite, il partit au galop.

— Qu'y avait-il dans cette forêt? lui demanda Achille, en plaçant une main sur ses épaules, tandis que son autre main entourait la taille de Mya.

— Il n'y avait absolument rien. Ce n'était qu'un piège qu'Hadès me tendait pour me ralentir et m'empêcher de rejoindre la cité.

— Alors, comment as-tu fait pour le savoir et rebrousser chemin aussi rapidement? demanda Mya légèrement stupéfaite. Moi, j'aurais continué de chercher jusqu'à ce que j'aie trouvé quelque chose…

— J'avoue que j'aurais également procédé de la même façon si Déméter ne m'avait pas contactée…

— Attends une petite seconde, tu as bien dit

Déméter? La déesse des moissons? s'écria la jeune femme tout excitée.

Phalie éclata de rire avant de lui montrer la bague et lui raconter sa première rencontre avec la déesse alors qu'elle commençait sa mission et se trouvait dans la forêt.

— Que t'a-t-elle dit d'autre qui pourrait nous aider? lui demanda Hermès.

— Elle m'a parlé de l'armée d'Hadès, et m'a dit qu'à l'intérieur de celle-ci se trouvaient trois sœurs très puissantes et bien d'autres horreurs…

— Trois sœurs? répéta Mya. Je ne connais que les trois Gorgones qui sont toujours ensemble. Elles sont très dangereuses.

— Les Gorgones?

— Il s'agit de trois sœurs, trois sœurs abominables, expliqua Hermès. Cependant, il n'y en a qu'une qui est mortelle : Méduse. Elle est la plus jeune. Ce sont les êtres les plus laids qu'il nous a été permis de voir dans nos vies. Elles ont toutes les cheveux en forme de serpent et n'ont aucun scrupule à tuer.

— S'il n'y en a qu'une qui est mortelle, je suppose que c'est à moi de trouver comment vaincre les autres…

Hermès acquiesça en souriant, l'air navré. Pendant le temps où ils se reposèrent, tout en en essayant de trouver un plan qu'ils pourraient utiliser durant le combat, ils se rendirent vite compte qu'ils allaient certainement devoir improviser.

Une flèche atterrit aux pieds d'Arès, sans qu'aucun soldat ne bouge. L'heure était maintenant arrivée… Dionysos pouvait parfaitement voir l'armée d'Hadès ainsi que tous les monstres qui en faisaient partie. Il eut un mouvement de recul lorsqu'il aperçut les trois sœurs Gorgones et leurs cheveux en forme de serpent. Les deux hommes pouvaient sentir la panique qui commençait à prendre possession de leurs soldats, puisque l'Élue n'était toujours pas en vue. Ils se regardèrent et hochèrent la tête.

— Ne bougez pas tout de suite! cria Arès. Nous devons les laisser approcher encore un peu. Ainsi, cette attente permettra à l'Élue d'arriver.

Une femme vêtue d'une légère armure verte apparut à ses côtés. Elle observa l'armée d'Hadès approcher, avant de se tourner vers le guerrier.

— Dis-moi, est-ce que l'Élue approche? lui demanda ce dernier d'une voix légèrement effrayée.

— Il lui faudra encore plusieurs minutes. Hadès l'a piégé dans une forêt, en lui faisant croire qu'une personne se trouvait en danger à l'intérieur. Mais celle-ci sera là sous peu avec, de plus, une centaine d'hommes.

— Merci, Déméter.

La déesse lui sourit et disparut. Elle réapparut un peu plus loin près d'un bois, où l'on pouvait voir plusieurs animaux arriver à toute vitesse. Elle regarda vers la plus haute tour, où elle savait que Zeus et sa femme se trouvaient, mais un mouvement sur le toit attira soudain son attention. Hestia, sœur de Zeus et déesse du foyer, était assise sur le toit, les jambes se balançant dans le vide. Éole, dieu des vents, se trouvait un peu plus haut et était accroché à l'éclair qui servait de décoration. Isis, déesse symbolisant l'arc-en-ciel, était accroupie sur la droite, et, sur la gauche se trouvait Hélios, dieu du Soleil. Finalement, tout juste derrière Hestia, se trouvait Séléné, la déesse de la Lune. Déméter sourit devant cette assemblée « divine » des astres et reporta son attention devant elle, où Dionysos et Arès avaient décidé de faire progresser les choses.

— Soldats, nous devons prendre immédiatement l'avantage, en attendant l'arrivée de l'Élue ! C'est pourquoi, nous allons avancer jusqu'à eux et, là, nous attaquerons. Allons-y!

La centaine d'hommes qui suivait la jeune femme vers la cité d'Olympe commençait à murmurer derrière elle. Tous se demandaient s'ils n'allaient pas arriver en retard, si la guerre n'était pas déjà commencée et si des hommes avaient péri à cause de leur retard.

Lorsque la jeune femme s'arrêta au bord du ravin, cela en fit sursauter plusieurs. Elle se tourna vers tous ces hommes rassemblés derrière elle.

— Il ne nous reste que quelques mètres à parcourir. Nous pouvons entendre les cris provenant du champ de bataille, ce qui prouve que c'est commencé... peut-être depuis peu, peut-être depuis très longtemps, mais ce n'est pas cela qui est important! Ce qui l'est par contre, c'est que nous arrivions! Ils ont besoin de notre aide, de votre aide! Je veux que vous donniez le meilleur de vous, tout en essayant de rester en vie! Maintenant, nous avons assez perdu de temps, descendons ce ravin et allons nous battre pour notre honneur!

Ses paroles furent fortement acclamées par tous les hommes présents. Puis, sans attendre, Phalie fit signe à Mya et à Achille de la suivre, et tous descendirent au pas de course la distance qui leur manquait pour parvenir à leur destination finale...

Dionysos porta un coup fatal à un soldat ennemi, qui s'effondra à ses pieds, rapidement remplacé par deux de ses confrères. Le jeune homme sourit narquoisement à l'un des soldats pour ensuite lui faire un clin d'œil avant de le frapper avec son épée. Arès qui se trouvait un peu plus sur la droite frappait ses adversaires avec des coups puissants, lesquels avaient de la difficulté à parer. Malgré tout, il gardait un œil sur son jeune compagnon, sur ordre de l'Élue, et lorsqu'il le vit se battre avec autant de force et de vigueur, il se dit qu'il ne devrait pas trop s'approcher de lui et décida sagement de le laisser faire.

Arès fit rapidement le tour des morts et fut ravi de constater que la plupart des cadavres portaient l'armure noire des soldats d'Hadès. Il s'apprêtait à crier d'autres ordres, lorsque tous arrêtèrent soudainement le combat. Le dieu de la guerre n'en comprit seulement la raison que lorsqu'il entendit les cris responsables de l'arrêt de ses soldats. L'Élue et ses hommes se joignaient enfin au combat. Il fut fier d'elle lorsqu'il la vit devant la centaine d'hommes qu'elle amenait leur crier des ordres auxquels tous obéirent, sans exception.

Phalie marcha d'un pas rapide vers le devant de cette immense armée qui était sienne, suivie de deux personnes. La première se dirigea directement vers Dionysos, qui lui serra fermement la main en souriant.

— Achille, je suis ravi de voir que tu as tenu promesse et que tu es ici avec nous, aujourd'hui.

— Tu sais bien que je ne manque jamais une guerre, Dio. Arès, je suis content de te revoir. Ça fait longtemps…

— En effet… Il n'y a pas réellement eu de guerre, depuis la toute première Élue… Qui est cette charmante jeune femme qui t'accompagne ?

— C'est…

— Excusez-moi messieurs, mais vous ferez les présentations plus tard. Nous avons une guerre à gagner !

Phalie se dirigea vers Dionysos qu'elle embrassa passionnément, avant de lui ordonner de faire attention à lui et de ne pas s'inquiéter pour elle. Elle prit position devant l'armée d'Hadès qui s'était reculée, attendant les ordres de leur maître, et leur fit un immense sourire, tout en sortant son épée de son fourreau. Elle fit un cercle avec celle-ci au-dessus de sa tête, avant de la pointer vers le soldat noir devant elle.

Alors que les hommes de l'Élue allaient s'avancer vers leurs adversaires, un hurlement en provenance de l'autre côté les empêcha de poursuivre.

— C'est impossible! Vous deviez l'empêcher de venir ici, et ce, durant tout le temps que doit durer cette guerre que je dois remporter! J'espère que vous avez honte… Obéissez! Je la veux morte!

Le combat s'amorça. Phalie se démenait avec tant de vigueur qu'elle ne remarqua pas que les dieux et déesses combattaient devant la porte du royaume, pour empêcher quiconque de pénétrer à l'intérieur. Ce fut lorsque la jeune femme reçut un coup sur la joue que les ignobles dragons décidèrent de se poser en plein centre du combat, tuant de ce fait, plusieurs dizaines d'hommes des deux côtés. Alors qu'elle essayait de porter secours à ceux qui tentaient d'éliminer les dragons, elle remarqua que son amant était encerclé par trois monstres avec des cheveux de serpents : les Gorgones. Phalie accourut pour l'aider, tuant du même coup plusieurs adversaires au passage. Pour se rendre auprès de Dionysos, elle dut donner un coup de poing à l'une des Gorgones et put ainsi passer par-dessus le corps.

— Dio, tu dois absolument te rendre jusqu'aux dragons, pour aider nos hommes à les vaincre. Moi, je vais m'occuper de ces trois-là…

— Pourquoi tu ne fais pas l'inverse ?

— Parce que ce sera plus facile comme ça… Allez, dépêche-toi !

Une fois qu'il fut assez loin, elle se tourna vers les trois sœurs et les regarda l'une après l'autre, en souriant avec dégoût. Elle fixa celle qui devait être Méduse, la mortelle, pour tenter de lui trouver une faiblesse. Alors qu'elle allait sortir son épée, les cheveux de Méduse se mirent à siffler, ce qui attira l'attention des deux autres sœurs qui se chamaillaient pour savoir laquelle attaquerait l'Élue en premier.

— Vous ne trouvez pas qu'elle a l'air prêt à mourir ? demanda Méduse avec un regard diabolique.

— Elle a le même visage qu'avait sa mère avant de périr, non ? poursuivit la deuxième.

— Tu as raison Sthéno, un pauvre petit visage

effrayé! Alors, qu'attendons-nous? répliqua la dernière en avança d'un pas.

C'est à ce moment qu'un des dragons tomba inerte sur le sol, faisant vibrer ce dernier. Phalie perdit l'équilibre et l'une des Gorgones l'attaqua, la faisant rouler plusieurs fois dans la poussière. La jeune femme se releva rapidement et frappa ses adversaires à coups d'épée incroyablement puissants. Tout à coup, elle s'élança et trancha la tête de celle qu'elle croyait être Méduse. Ses horribles sœurs la regardèrent tomber et rouler sur le sol, sans bouger, se demandant comment cette jeune femme pouvait être aussi rapide. Phalie, quant à elle, se battait toujours, mais, cette fois-ci, contre les soldats d'Hadès. Arès étant parvenu à ses côtés put l'aider un peu à repousser les deux sœurs restantes.

— Arès, est-ce que tu connais leur point faible? Parce que je commence à perdre patience…

— Si je me rappelle bien, il y en avait une qui était mortelle. Par contre, je vois que tu as découvert laquelle c'était… Je sais aussi qu'il y en a une qui ne supporte pas la lumière du soleil. Mais pour ce qui est de l'autre, je l'ignore…

La jeune femme le remercia avant qu'il ne reparte au combat. Puis, il la laissa seule avec les deux monstres. Elle regarda vers le ciel, sachant très bien que celui-ci était couvert de nuages noirs. Elle fit plusieurs tours sur elle-même et trouva enfin l'homme qu'il lui fallait : Hélios, dieu du Soleil, perché sur le toit du royaume. Il fallait absolument qu'elle aille le rejoindre ! Elle vit Mya encerclée par plusieurs hommes, qui fut vite rejointe par Achille venu pour la seconder. Elle sourit de voir ces gens si semblables se défendre mutuellement. La jeune femme continua sa course, jusqu'au moment où elle dut sauter sur le mur afin de pouvoir grimper sur le toit où se trouvait le dieu qu'elle cherchait. Une fois qu'elle fut à ses côtés, elle lui expliqua son plan, lequel consistait à vaincre l'une des Gorgones. Ce dernier acquiesça à sa requête, avant de lever les bras vers le ciel et de murmurer des paroles inaudibles aux oreilles de Phalie, laquelle était très concentrée sur le combat qui se déroulait au sol.

Après quelques secondes, un rayon de soleil perça les nuages d'un noir opaque, puis alla frapper les deux monstres qui se battaient contre Arès en attendant le retour de l'Élue. Phalie se pencha sur le bord du toit pour voir le résultat et vit avec joie que l'une d'entre elles était complètement changée en pierre, alors que l'autre regardait vers l'Élue et commençait à s'acharner sur le mur pour tenter d'aller la rejoindre. Phalie remercia Hélios, avant de sauter en bas du toit et d'atterrir sur ses pieds derrière la Gorgone restante. Quelques secondes plus tard, les deux partirent d'un même mouvement, l'une chassant l'autre à tour de rôle. Phalie grondait intérieurement. Il fallait qu'elle trouve un moyen pour anéantir le monstre qui la poursuivait.

Elle évita de justesse le jet d'eau que projetait Poséidon et roula sur le côté pour échapper aux pattes du dragon rouge qui gesticulait furieusement. Lorsqu'elle se redressa, Phalie remarqua que la Gorgone ne la suivait plus. Elle fit un tour sur elle-même, pour finalement apercevoir une statue de pierre derrière le monstre volant.

« Elle n'aimait donc pas l'eau… »

— Poséidon, que puis-je faire pour vous aider à détruire ce dragon? demanda-t-elle au dieu de la mer en s'approchant rapidement pour ne pas perdre de temps.

— Il nous manque simplement un éclair pour l'électrocuter comme il se doit, à la suite de l'immense jet d'eau qu'il a reçu…

La jeune femme hocha la tête, tendit la paume vers le dragon et ferma les yeux pour se concentrer davantage. Quelques instants plus tard, tous ceux qui se trouvaient à proximité furent éblouis par une énorme quantité de lumière. Mais celle-ci disparut après quelques secondes seulement, et le dragon rouge tomba sur le côté, raide mort.

Phalie s'inclina légèrement devant Poséidon, qui fit de même, puis elle repartit sur les premières lignes, où elle put entendre avec satisfaction le cri de rage du dieu des morts. Tout en dégainant son épée, un large sourire se dessina sur ses lèvres.

19.

Mya se battait férocement depuis le début, et elle commençait à s'épuiser... Mais lorsqu'elle regardait du côté de la jeune femme désignée pour être celle qui les sauverait tous, une dose d'espoir l'envahissait et elle reprenait le combat, avec encore plus d'ardeur.

Achille, quant à lui, essayait tant bien que mal de garder un œil sur sa douce moitié, mais en vain. Toutes les fois qu'il tentait d'aller la rejoindre, il se faisait attaquer à nouveau, et il lui était alors impossible de ne pas reculer de quelques pas. Il aperçut Dionysos qui combattait à proximité, et se risqua à le rejoindre, repoussant avec force les attaques. Par contre, alors qu'il pouvait presque toucher l'homme, la terre s'effondra sous ses pieds, l'entraînant dans une chute, lui et ses ennemis.

— Achille!

Le cri que poussa Dionysos fit cesser la plupart des combats, dont celui de l'Élue ainsi que celui de Mya. À ce moment, cette dernière reçut un coup d'épée sous l'œil gauche, ce qui finalement lui permit de reculer et de partir aux pas de course vers le trou béant, dans lequel son bien-aimé était tombé. Elle s'accroupit près du bord et essaya de voir le fond. Elle se pencha si profondément qu'elle aurait facilement pu tomber, si Dionysos n'avait pas mis sa main sur son épaule, en signe de réconfort.

— Je suis désolé, Mya, mais je ne crois pas qu'il ait pu survivre à une telle chute…

— C'est impossible! Ce n'est pas lui qui est tombé… Il ne le peut pas… Je l'aime! C'est insensé!

Ses paroles étaient entrecoupées par d'énormes sanglots qui bloquaient sa voix… Elle se releva et se mit à faire plusieurs tours sur elle-même, en regardant dans la foule comme si elle cherchait quelqu'un, un homme, un puissant guerrier…

— Il doit bien être quelque part! C'est seulement une blague… Il ne peut pas me faire ça… NON!

Phalie s'approcha de la jeune femme et, plaçant ses deux mains sur les épaules secouées par la tristesse, elle réussit à calmer Mya, ainsi qu'à forcer son doux visage à la regarder. Les deux visages qui s'observaient étaient brisés par la peine et la colère. Phalie regarda intensément sa cousine dans les yeux :

— Écoute-moi bien, Mya… Je te promets qu'Il périra… Dieu ou pas, cet homme mourra pour avoir osé s'en prendre à Achille…

— Tue-le pour moi, Phalie. Pour lui…

Phalie hocha affirmativement la tête, serra fortement la jeune femme dans ses bras en lui embrassant le front, et rebroussa chemin pour se rendre près du dieu de la guerre, lequel se trouvait en compagnie de Poséidon et de Déméter. Tous la regardèrent avancer la tête haute vers ces trois personnes.

— Le temps est venu, c'est cela ? lui demanda Déméter en lui souriant légèrement.

— Il a commis une action qui va lui coûter la vie…

Puis, elle se tourna vers Dionysos qui hocha la tête en lui faisant un clin d'œil. Ne pouvant se contenir davantage, elle se précipita dans ses bras. Ce dernier referma ses bras autour d'elle, puis la repoussa doucement après quelques instants.

— Nous avons confiance en toi, Élue… J'ai confiance en toi, ma douce.

— Merci.

Les deux jeunes gens s'embrassèrent délicatement, avant que la jeune femme ne se dirige vers ce qu'elle croyait être le centre du terrain.

— Cette guerre n'a que trop duré, Hadès! Je t'attends!

Ce fut le silence qui lui répondit. Phalie, immobile, tint son regard fixé sur l'horizon, là où une immense boule rouge s'approchait rapidement. L'Élue ne bougea point et attendit que le sort vienne la percuter. Alors qu'elle se retrouvait légèrement assise, la boule rouge se referma autour d'elle et commença à la faire monter en altitude, tout doucement, sous le regard incrédule de tous ses amis.

Lorsqu'elle finit par s'immobiliser, Phalie jeta un coup d'œil sous elle pour se rassurer, mais tous les visages étaient portés vers l'horizon. Une boule noire avançait lentement vers elle… Celle-ci reconnut aussitôt la silhouette de l'homme aux cheveux de feu à l'intérieur. La jeune femme commençait à perdre patience, et à se laisser envahir par ce désir de vengeance qu'elle ressentait à son arrivée. Mais la phrase initiale de son entraînement lui revint en mémoire : *Patience et longueur de temps font mieux que force ni que rage. Souviens-toi de cette phrase, Phalie, elle te servira.* Ce fut à ce moment qu'elle comprit ce que cette phrase signifiait réellement.

« Si je tente quelque chose, avant de voir ce qu'il va faire, je risque de faire une bêtise, et cela pourrait me coûter cher… Je dois patienter encore… sinon, nous perdrons. »

Arès, quant à lui, se décida à bouger un peu. Il fit venir près de lui toutes ses consoeurs et tous ses confrères ainsi que Mya. Il devait discuter avec eux, pendant que les soldats noirs attendaient l'arrivée de leur maître. Il regarda chacun des visages présents : Dionysos, Poséidon, Athéna, Déméter, Artémis, Hélios, Isis, Séléné, Éole, Hermès, Hestia, de même que Mya. Il était à la fois ravi et rassuré de les savoir toutes et tous de son côté.

— Les amis, ce que nous devons faire à partir de maintenant, c'est de soutenir l'Élue. Nous devons veiller à ce que tout se passe bien pour elle. De plus, nous devrons prendre la relève, si elle éprouve des difficultés ou si elle est blessée. Nous ne devons en aucun cas laisser Hadès prendre le dessus… Tout le

monde doit retourner à son poste et surveiller attentivement… Le combat risque de reprendre.

Tous hochèrent la tête et disparurent pour réap-
paraître à l'endroit qui leur était destiné. Arès, Dionysos et Mya se tournèrent vers les soldats noirs, en
se préparant à attaquer.

Phalie regardait dans les yeux celui qui avait tué
ses parents et ses grands-parents, lorsque leurs deux
boules fusionnèrent pour n'en former qu'une. Elle le
détailla, essayant de déceler ses armes, mais n'en vit
aucune.

— Je n'ai nullement besoin de telles armes pour
vaincre mes ennemis, jeune fille. J'ai le pouvoir de
les tuer en un simple claquement de doigts, lui dit-il
comme s'il pouvait lire en elle.

Sa voix était étonnamment forte, ce qui permet-
tait à toutes les personnes présentes de tout écouter… Il regardait l'Élue avec un sourire mesquin.

— Je vais te raconter une histoire… Mais peut-être
la connais-tu déjà… Il était une fois un jeune homme et une jeune femme, celle-ci avait des cheveux
d'un vert incroyable. Ils étaient heureux, mais de-

vaient accomplir une bien trop grande mission pour de simples mortels comme eux. Cependant, un léger accident se produisit, et le couple eut une petite fille ravissante aux cheveux de la même couleur que sa mère. De ce fait, personne ne pouvait ne pas les remarquer. Par contre, ils décidèrent, malgré leur fillette, de ne pas abandonner leur quête, malheureusement trop difficile pour des humains. Seize années passèrent sans qu'ils réussissent à venir à bout de leur mission. Par malheur, un drame finit par éclater. La fillette découvrit ses parents morts dans leur lit. Elle resta triste durant très longtemps… Par la suite, elle alla vivre chez une de ses tantes et elle rencontra quelques années plus tard un homme remarquable, selon elle du moins. Après ce triste évènement, ce fut la jeune fille qui hérita de la mission de ses parents. Elle n'en parla à personne d'autre qu'à son copain, qui décida de l'aider. Puis, ils se marièrent et eurent une fillette au visage d'ange et, comme toutes les femmes de cette famille, elle avait les cheveux, d'un vert éblouissant. Par contre, lors du 8e anniversaire de la petite, un homme vint tuer ses parents. La fillette était caché dans la penderie. Quel drame! Elle dut, elle aussi, aller vivre chez sa tante et son oncle, sans se douter qu'ils étaient à mon service…

Hadès marqua une pause à la fin de son récit, et regarda la jeune femme devant lui avec un sourire machiavélique. Cette dernière le regardait avec des yeux qui exprimaient toute la colère qu'elle essayait tant bien que mal de contenir. Elle ne voulait verser aucune larme, pour ne pas lui montrer surtout qu'elle était plus faible que lui… Pire, qu'elle se « sentait » plus faible que lui.

— Je vois que tu as reconnu l'histoire de ta misérable famille… C'est bien. Est-ce que tu connais également la prophétie ?

— …

— Dans l'affirmative, tu dois savoir que tu n'auras aucune chance de réussir, sans un sacrifice…

— Un sacrifice ?

— Personne ne l'a encore fait, et je ne crois pas que c'est toi qui vas y changer quelque chose…

— Aucune Élue ne s'est rendue aussi loin, Hadès, coupa une voix forte et grave provenant derrière Phalie.

— Zeus ! Avoue que tu l'as aidée beaucoup plus que les autres… C'est dommage que tu l'aies prise si jeune… Je vais la tuer, tout comme je l'ai fait avec sa mère et son futur frère avant elle. Mais auparavant, je vais la torturer, jusqu'à ce qu'elle me supplie de la tuer...

— Espèce de monstre!

Phalie avait crié ces trois mots, tout en s'élançant sur Hadès d'un bond rapide, l'épée à la main. Par contre, lorsqu'elle croyait enfin pouvoir le frapper de toutes ses forces, une main invisible la força à s'arrêter, la poussant jusqu'au fond de la boule dans laquelle ils étaient tous deux prisonniers. Une énergie semblable à un immense choc lui transperça soudain le corps, la faisant se plier sur elle-même.

Toutes les personnes présentes retinrent leur souffle, sans toutefois quitter la scène des yeux.

— Tu vois que tu ne peux me vaincre... C'est vraiment dommage que tu ne sois pas du bon côté, car tu aurais pu m'être très utile, mais il a fallu que tu suives la trace de ta mère...

La jeune femme écouta les paroles du dieu de la guerre d'une oreille distraite, tout en réfléchissant à un moyen de le vaincre. Elle jeta de rapides coups d'œil au sol pour regarder Mya. Il fixa aussi le trou qui était maintenant recouvert d'un immense rocher non loin d'elle.

« Serait-ce l'amour entre Mya et Achille, dont il

était question ? Alors, pourquoi n'ai-je pu le battre, si Achille n'est plus ? S'il était vraiment le sacrifice qu'il me fallait, j'aurais dû pouvoir le vaincre… »

Elle tourna son regard vers Arès et Dionysos. Elle soupira doucement et reporta son attention sur Hadès, en gardant un visage impassible.

« Et si c'était de Dio et moi dont il s'agit ? Cela voudrait-il dire que l'un de nous devra se sacrifier pour sauver l'autre ? Je n'y arriverai jamais… C'est insensé ! »

— Laisse le temps faire les choses, Élue.

— Zeus ? Comment est-ce possible ? Vous, dans ma tête !

— La grande majorité des dieux ont ce pouvoir… Alors, laisse le temps te dicter ta conduite, car lui seul peut t'aider.

— Patience et longueur de temps valent mieux …

— … que force et rage, c'est exact ! Suis sagement les paroles d'un vieux guerrier. »

Phalie essaya de dissimuler le sourire discret qui s'était dessiné sur son visage, lorsque Zeus quitta ses pensées. Elle secoua légèrement la tête, et se concentra sur les paroles de l'homme en face d'elle.

— … Nous allons descendre pour vérifier tes véritables capacités.

— Est-ce que tous les soldats seront protégés?

— Mais, bien sûr…

Zeus souriait fièrement, toujours adossé à la fenêtre de sa tour en compagnie de sa femme Héra. Tous deux observaient la scène qui se déroulait devant eux, attendant le moment propice pour aller leur porter secours. Le dieu savait que la jeune femme serait assez puissante pour réussir ce qu'il lui avait demandé, malgré toute la difficulté que cela représentait pour elle.

Il regarda sa femme, et se remémora la première fois où il avait vu le charmant visage de cette petite fille qui, plus tard, deviendrait leur Élue, et qui serait encore plus puissante que les précédentes.

La dame tenait un nouveau-né dans ses mains. Ils étaient en compagnie d'un homme et d'une femme, celle-ci étant vêtue d'une tunique rouge. Cette dernière s'essuya discrètement les mains sur les pans de ses vêtements, en regardant la jolie famille. Elle fit un signe discret à la dame, avant de s'évaporer dans l'espace. La femme aux cheveux verts souriait tendrement au petit, tout en parlant à l'homme assis près d'elle.

— *Regarde, chéri, comme elle est jolie.*

— *Elle a les mêmes yeux et cheveux que toi…*

Ils restèrent ainsi tous les trois à se regarder mutuellement durant plusieurs minutes, jusqu'au moment où une silhouette apparut dans l'encadrement de la porte. Toutefois, personne ne parut la remarquer… L'ombre resta quelques secondes silencieuse à regarder le joli tableau devant elle.

— *Malgré les cheveux et les yeux, elle ressemble toutefois à son père…*

Au son de ces paroles, les trois membres de la famille sursautèrent, avant de se tourner, confus.

— *Zeus! Je me demandais bien si vous alliez enfin venir voir notre fille, lança la dame.*

— *Cela aurait été impossible pour moi de manquer cette naissance… Ma femme m'aurait cassé les oreilles, si je ne m'étais pas présenté à cet heureux évènement… Mais, entre vous et moi, je serais quand même venu… Vous êtes tellement beaux ensemble tous les trois. C'est une magnifique famille que vous formez là.*

— *Merci, Zeus.*

— *Vous avez pensé à un nom?*

— *Oui, elle s'appellera Phalie! lança le couple heureux.*

20.

Lorsqu'elle mit les pieds sur le sol, la jeune Hikouïs remarqua que plusieurs dieux étaient toujours prêts à intervenir, si elle leur en donnait l'autorisation. Phalie se plaça bien en face de ses hommes et Hadès fit de même de son côté. Tous les deux se trouvaient au centre d'un énorme cercle, entourés de fidèles guerriers prêts à se battre, même si ceux-ci devaient y laisser leur peau.

Après quelques secondes pendant lesquelles personne n'osait bouger ni même cligner des yeux, l'Élue et le dieu des morts se décidèrent à avancer de quelques pas vers le centre. Ils se saluèrent sans se quitter des yeux, et tous deux sortirent leurs épées. Phalie sortit la sienne de son fourreau, alors qu'Hadès la faisait apparaître grâce à la magie. L'Élue était prête à attaquer la première, mais Ulysse lui avait dit d'attendre de voir ce que ferait son adversaire avant de faire un mouvement, lequel pourrait s'avérer ne pas être le bon.

— Je te croyais beaucoup plus agressive que ça. Et ta mère était pareille à toi ; une pauvre froussarde… D'ailleurs, c'est ce qui l'a tuée ! C'est peut-être ce qui va t'arriver également… Finir comme ta mère… six pieds sous terre à te décomposer en compagnie des insectes…

— Ça suffit ! J'en ai assez entendu… Je ne suis pas ici pour écouter tes âneries, mais bien pour te vaincre. Tu vas enfin payer, pour tout ce que tu as fait !

— Serait-ce un défi, jeune fille ?

— Oui. Hadès, dieu des morts, je te défie ! lança-t-elle après avoir jeté un regard vers Arès qui lui fit un clin d'œil.

Hadès ricana et accepta le défi d'un signe de tête. De ce fait, ce fut lui qui attaqua le premier. Le combat le plus important pour les deux parties venait de commencer… L'homme frappait avec aisance et ses coups étaient puissants. La jeune femme les repoussait du mieux qu'elle le pouvait : bloquant, reculant, tournant et frappant. Elle utilisait tout ce qu'elle avait appris avec Ulysse et Arès. Les coups de l'Élue étaient presque aussi puissants que ceux qu'elle recevait.

Mais, lorsqu'elle voulut lui donner un coup de pied en plein visage par un magnifique saut, son pied s'arrêta brusquement à quelques centimètres du nez d'Hadès. Interloquée, la jeune femme essaya de le frapper avec son épée, mais elle fut à nouveau freinée dans son élan.

— Je dois avouer que tu es plutôt coriace pour une débutante, mais ça ne sera pas suffisant pour gagner... Je vais donc utiliser une autre méthode.

À peine eut-il terminé de dire sa dernière phrase, que l'Élue se détacha du sol et fit plusieurs tours dans les airs, avant d'atterrir aux pieds de ses propres soldats. Elle leva les yeux vers Hadès et se releva, le regard noir. Elle le regarda avec un tel dédain, qu'il serait certainement mort si ses yeux avaient été une arme. Elle tint son médaillon en forme d'éclair entre les doigts de sa main droite sans lâcher son épée de l'autre, regarda vers le ciel, reporta son attention sur l'homme devant elle, et, finalement, tendit sa paume droite.

Plusieurs boules de feu sortirent de sa main tendue et se dirigèrent vers Hadès à une grande vitesse. Le mal qu'il eut à toutes les éviter fit brûler sa cape sur le côté droit. Toutefois, aucune de ces boules n'atteignit les soldats, qui se tenaient de l'autre côté. L'Élue reproduit à nouveau la même attaque, mais cette fois-ci Hadès riposta. Phalie n'eut pas le temps de se protéger, et reçut le premier projectile de plein fouet. Alors qu'elle pliait sous la douleur, elle entendit un autre gémissement derrière elle. Elle tourna la tête et vit un guerrier s'effondrer. La jeune femme accourut vers l'homme, mort… Elle reporta son attention sur Hadès, en proie à une colère noire.

— Vous m'aviez dit qu'aucun soldat ne serait touché! Et pas seulement les VÔTRES!

— Ah oui? J'ai dû oublier ce léger détail…

Phalie eut beaucoup de difficulté à contenir la rage qui la rongeait de l'intérieur. Elle dut prendre plusieurs respirations, afin de pouvoir garder son calme. Lorsqu'elle voulut amorcer une autre attaque, un grognement bizarre l'empêcha de continuer. Elle fit volte-face et vit le rocher qui recouvrait le trou s'envoler tout à coup dans les airs. Tous les soldats s'écartèrent pour laisser passer une forme humaine…

— Achille!

La jeune femme vit Mya courir pour se jeter dans les bras d'un homme. Elle ne put s'empêcher de sourire et s'avança vers le couple. Achille se détacha légèrement de sa bien-aimée pour se diriger vers Phalie.

— Contente de te revoir, Achille! Mais… comment…?

— Tu ne croyais tout de même pas que j'allais me laisser avoir par un simple trou?

— C'est vrai…

— Allez, nous en reparlerons plus tard… Tu as un combat à finir!

Phalie hocha la tête en souriant et retourna à sa place au centre du terrain pour faire face à Hadès.

Héra se tourna vers Zeus. Elle s'apprêtait à sortir de la pièce, n'en pouvant plus de regarder le spectacle de cette guerre à laquelle ils ne pouvaient intervenir, et qui avait lieu juste sous leurs pieds.

— Tu crois qu'elle pourra nous sauver?

— Elle a tout ce qu'il faut pour le faire, Héra. Laisse-lui seulement la chance de nous le prouver. Cette guerre ne nous concerne pas. Ce combat est le sien…

La femme secoua la tête et retourna près de la fenêtre, le visage navré.

— Regarde tous nos enfants, Héra. Toutes ces femmes et tous ces hommes prêts à intervenir au moindre détour…

La jeune femme était suspendue dans les airs par Hadès. Suffoquant, elle se débattait de toutes ses forces. Lorsque le dieu de l'enfer ne fut qu'à quelques centimètres de la jeune femme, celle-ci s'immobilisa. À cet instant, tout le monde retint son souffle, attendant le moment propice pour intervenir. Tous voulaient savoir ce que ferait l'Élue. Ils étaient fins prêts et suivaient la scène sans broncher.

Phalie ne cessait de fixer Hadès avec mépris. Celui-ci la fit tourner pour qu'elle ait la tête en haut, puis il l'agrippa fortement par le cou et la plaça au niveau de son visage.

— Vous êtes tout de même incroyable, ma chère, vous m'avez presque eu sur ce coup. Je suis…

— Un simple abruti!

Sur ces mots, Phalie donna un coup de pied à Hadès, le forçant à lâcher prise, et cette dernière retomba sur ses pieds. Ne perdant aucune seconde, elle attaqua Hadès de plein fouet. Cependant, celui-ci utilisa un bouclier pour bloquer ses dernières attaques, mais, d'un seul geste de la main, la jeune femme vola dans les airs et atterrit brutalement sur un arbre, où elle brisa plusieurs branches, pour finalement continuer sa chute jusqu'au sol. À cet instant, Déméter utilisa ses pouvoirs pour rattraper la jeune femme, avant qu'elle ne se fracasse la tête.

Arès, suivi de Dionysos, accourait déjà vers elle, bousculant toutes les personnes sur son passage, lorsque Déméter déposa l'Élue sur la verdure. Par la suite, elle s'agenouilla à ses côtés et passa une main sur son visage.

— Comment va-t-elle ? demanda Arès en s'installant à ses côtés.

— Elle a perdu connaissance, mais elle ne semble avoir aucune fracture.

— Ôtez-vous de mon chemin, bande d'idiots ! s'exclama une voix derrière eux.

Tous se tournèrent et aperçurent Hadès s'approcher dangereusement en éliminant tous les hommes qui se trouvaient en travers de son chemin. Déméter, Arès et Dionysos se levèrent d'un même mouvement pour se mettre entre leur protégée et Hadès. Ce dernier les toisa, l'air hautain. À ce moment, Poséidon et Athéna arrivèrent rapidement, alors que les autres furent projetés au loin.

— Vous croyez pouvoir me vaincre, alors que celle que vous pensiez être plus forte que vous n'y arrive même pas?

— Tais-toi donc, Hadès. Tu ne fais pas le poids contre nous tous, lança Poséidon.

— Tu crois ça? Moi, je n'en suis pas certain… Bizarre, non?

Sans avoir pu prononcer le moindre son, tous les alliés de Phalie volèrent dans les airs, et allèrent lourdement atterrir plusieurs mètres plus loin. Une fois ce détail réglé, Hadès se dirigea vers l'Élue, sa cape trouée volant au vent. Alors qu'il ne lui restait que quelques centimètres avant d'atteindre le corps de la jeune femme, il reçut un coup derrière la tête. Il se retourna, mais un second coup le frappa de plein fouet, et, finalement, il s'écroula. Une forme humaine vint se placer au-dessus de lui. Hadès ne la reconnut qu'au moment où il retrouva tous ses esprits : Dionysos!

Ce dernier était maintenant penché sur le corps de son amante inconsciente. Dionysos était accompagné de Mya et d'Arès, lesquels lui procuraient les soins nécessaires. Agacé par ce geste, Hadès décida d'intervenir. L'Élue se devait de mourir !

Il s'avança vers eux, les regardant quelques instants, et, lorsqu'il leva ses deux mains, Ia et Arès lévitèrent brusquement dans les airs. La jeune femme poussa un énorme cri, faisant ainsi frémir les feuilles des arbres, en plus d'attirer l'attention d'Achille, qui se trouvait entouré par les hommes d'Hadès, lesquels avaient reçu l'ordre d'empêcher quiconque d'approcher.

— Vous avez réellement cru que vous alliez m'avoir avec un simple apprenti ? Insensé…

— C'est moi que tu traites « d'apprenti », Hadès ?

Le dieu de l'enfer se tourna légèrement vers Dionysos qui le regardait fixement sans broncher. Hadès sourit, et claqua des doigts. Le dieu de la guerre et Ia furent propulsés au loin. Achille accourut aussitôt vers sa bien-aimée, après s'être débarrassé de quelques soldats, en détournant leur attention, et resta auprès d'elle. Il regarda ensuite vers la plus haute tour, où se trouvait le dieu du ciel, car il souhaitait une intervention claire de sa part.

Ce dernier regardait la scène, presque impassible. Il pouvait apercevoir ses soldats, qui se tenaient, menaçants, face à ceux d'Hadès, ainsi que quelques membres de sa famille. Ces derniers attendaient qu'Hadès retire son bouclier pour agir. De même que Dionysos qui se trouvait face à l'ennemi, protégeant Phalie, toujours étendue sur le sol. Il ne pouvait tout de même pas rester de marbre face à ce spectacle! Il ferma les yeux et secoua la tête.

Une main vint délicatement se placer sur son épaule.

— Tu devrais faire quelque chose pour les aider, Zeus, lui dit doucement Héra.

— Je ne peux pas. Selon les Anciens, l'Élue ne peut avoir recours à mon aide…

— Elle ne peut pas te la demander, certes, mais elle peut en avoir besoin sans nécessairement t'en faire part. Elle est inconsciente, Zeus, et tout est en train de basculer. Tu te dois d'agir!

Il prit une bonne inspiration, regarda sa femme en lui souriant tendrement, et tendit finalement la main vers le ciel sombre. Aussitôt, un éclair franchit les nuages à une vitesse fulgurante, et transperça le corps de l'Élue sous le regard de quelques personnes. Après quelques secondes, Phalie se redressa et émit un léger gémissement, attirant ainsi l'attention de Dionysos qui se trouvait à quelques pas. Il se précipita à ses côtés et l'embrassa tendrement. Hadès,

quant à lui, se tourna vers la tour de Zeus en secouant légèrement la tête.

— Tu as attendu drôlement longtemps avant de te
montrer, Zeus. Je n'aurais jamais cru que tu puisses
avoir le courage d'attendre jusque-là… Dommage
qu'il soit trop tard pour que cela puisse vraiment
aider… Je compte bien en finir avec votre Élue, et
ce, très rapidement… Elle n'est pas si forte que cela,
finalement…

21.

Hadès s'approcha rapidement de la jeune femme et de son amant. Il donna un coup de poing à Dionysos, pour le forcer à s'éloigner, et agrippa la jeune femme par les cheveux, en la soulevant et la traînant rageusement. La jeune Hikouïs cria de douleur, tout en plantant ses ongles dans la main d'Hadès qui n'afficha qu'une légère grimace.

— C'est elle, votre Élue ? commença-t-il en s'adressant à toutes les personnes présentes. Je ne crois pas que vous puissiez un jour trouver une personne capable de me combattre... Je vois dans vos regards que vous commencez à douter de la véracité de cette jeune femme... Elle est beaucoup moins puissante que vous ne l'aviez imaginé, n'est-ce pas ? Dommage. J'aurais aimé faire durer le plaisir plus longtemps, mais je crois que j'ai perdu assez de temps comme ça. Regardez-là saigner devant vous...

Pendant qu'il faisait léviter son épée jusqu'à lui, les affreux soldats noirs se mirent à crier de joie, en voyant la jeune femme cesser de se débattre. Tous crièrent la victoire. Hadès se pencha pour arracher le collier en forme d'éclair qui symbolisait son identité, et le lança sur le sol. Tout en se relevant, il leva son arme dans les airs, la lame pointée vers le cou de la jeune femme.

Plus personne ne prononça un mot. Tous attendaient de voir si l'Élue allait réagir. La lame d'Hadès descendit rapidement, et la foule entière ferma les yeux...

CLAC !

Lorsque le bruit se fit entendre, chacune des personnes présentes ouvrit les yeux en même temps, pour voir deux lames s'entrechoquer. Tous regardèrent vers l'Élue, agenouillée sur le sol, qui assistait au combat qui se déroulait devant elle impuissante.

— Regardez! C'est Dio qui se bat contre Hadès! s'écria Mya apeurée en s'agrippant à Achille. Il faut l'aider...

— Serait-ce... commença Achille sans quitter son ami des yeux...

Alors que tous étaient encore surpris, Hadès et Dionysos se livraient, quant à eux, un dur combat. Au grand malheur de plusieurs, le dieu des morts démontra plus de puissance que le dieu du vin, lequel fut rapidement mis hors d'état de nuire. Hadès put alors s'approcher de Phalie, qui essayait de se concentrer pour intervenir, et il eut juste le temps de lui enfoncer son épée dans l'épaule droite, avant que Dionysos ne saute sur le dos d'Hadès.

Furieux, Hadès se retourna d'un coup sec, faisant tomber le poids qui pesait sur lui, et envoya une énorme boule d'énergie noire sur Dionysos. Ce geste fut aussitôt suivi d'un coup d'épée dirigé en plein centre de la poitrine de Dionysos. Au moment où ce dernier tombait à genoux, un cri déchirant traversa les oreilles de chacun et fit trembler la terre, ce qui envoya Hadès, poussé par une force invisible, plusieurs mètres plus loin.

L'Élue hurlait de désespoir. Elle se leva, malgré son épaule meurtrie, et accourut péniblement vers Dionysos. Elle prit sa tête et la plaça sur ses genoux aussi délicatement qu'elle le pouvait. La scène semblait se passer au ralenti, sous les yeux ahuris de tous les témoins.

Phalie criait et pleurait toutes les larmes de

son corps, sans cesser d'embrasser le visage de son amant.

— Non! Pourquoi toi, Dio? Ne m'abandonne pas... Je n'y arriverai pas sans toi!

— Courage, ma belle... Je ne serai pas bien loin... Je vais m'occuper de toi, d'en haut...

— Dio, je t'en prie, ne me quitte pas maintenant! J'ai tant besoin de toi...

— Ne pleure pas, ma douce... C'était mon destin... Tu dois les sauver... pour nous... Je t'aime, Phalie de Rome, et jamais je ne pourrai oublier cet amour...

— Noooooon! Dio!

L'âme de Dionysos quittait lentement son corps, mais la jeune femme ne pouvait se résoudre à lâcher l'homme qu'elle avait tant aimé. Elle ne pouvait admettre qu'il ne bougerait plus, et que celui-ci était mort pour cette terrible cause...

Une main gantée vint se placer sur l'épaule de l'Élue. Elle tenta de la retirer, mais celle-ci revint plus ferme. Phalie se retourna avec un visage rempli de colère, pour s'apercevoir qu'Arès, les yeux humides, se tenait derrière elle avec Mya et Achille. Tous les trois avaient le visage empreint de tristesse, et tous auraient souhaité que cette guerre se passe autrement.

— Laissez-moi… Tout est fini!

— Phalie, tu ne peux pas abandonner… Tu dois continuer, dit Arès sans enlever sa main.

— Je sais que c'est difficile, mais fais-le pour nous, continua Achille.

— Pour Dio, surtout, dit Mya en s'agenouilla près d'elle.

— Pourquoi devrais-je continuer? Il est mort!

— C'était son destin, Phalie… C'est la prophétie, tenta de poursuivre Arès.

— La prophétie? Vous me parlez de la prophétie alors que ma raison de vivre vient de disparaître?

Zeus, qui observait cette triste scène, ne pouvait rien faire de plus. Il regarda sa femme qui lui intima du regard d'intervenir à nouveau, puis il disparut. Presque aussitôt, il réapparut derrière l'Élue.

— Élue… Tu dois continuer, tu ne peux pas abandonner.

— Pourquoi donc? Rien ne m'en empêche!

— En effet, il n'y a rien qui puisse t'empêcher d'abandonner, sauf toi…

— Comment ça?

— L'amour. Celui que tu as pour tes parents, tes

amis, et, surtout, pour Dionysos. Il a sacrifié sa vie pour que tu continues... N'abandonne pas si près du but. Tu ne dois pas arrêter de combattre ce pour quoi ils sont morts...

Phalie ferma les yeux quelques instants, et revit les trois personnes qu'elle aimait le plus au monde.

Sa mère...

— *N'abandonne pas, ma grande...*

Son père...

— *Nous serons toujours là...*

Dionysos...

— *Fie-toi à la magie qui existe en toi. Nous t'aimons... Je t'aime, ne l'oublie pas.*

La jeune femme avait le visage entièrement mouillé, et ne pouvait empêcher la tristesse de l'envahir. Elle aimait tellement ces trois personnes qu'elle se demandait comment elle pourrait continuer sans eux. Après quelques instants, elle finit par laisser un petit sourire apparaître sur son visage. Puis, un vent frais vint lui caresser les cheveux. Ce paisible instant ne dura toutefois guère longtemps, puisque Phalie aperçut l'homme qui avait causé plus de morts que toutes les personnes vivantes réunies dans son champ de vision. Elle le regarda intensément, jusqu'au moment où une bourrasque très puissante vint fouetter tous les visages présents. Elle se releva sans quitter cet homme des yeux. Elle était complètement envahie par des sentiments entremêlés de colère et d'amour. Puis, autour d'eux, le vent se fit de plus en plus fort.

Soudain, un énorme halo bleu entoura la jeune femme. Il ne demeura que quelques secondes, mais tous purent bien le voir. Phalie, cependant, n'avait toujours pas quitté Hadès du regard.

— Regarde ses yeux, Achille, ils sont noirs, lança, Mya…

En effet, les yeux de l'Élue avaient complètement changé. Ils étaient d'un noir de jais.

— Elle est devenue plus puissante que nous tous, dit Arès.

Phalie avança d'un pas, puis d'un autre, avant de s'arrêter. Elle tendit la main vers Hadès, qui s'éleva dans les airs, vers les cieux…

— Alors, Hadès, tu fais moins le fier, maintenant ! Tu n'es plus le seul à être puissant.

— Tu te crois maligne, n'est-ce pas ? Mais tu ne seras jamais plus forte que moi… Je suis…

— Hadès, tu parles trop !

À cet instant, une branche d'arbre tomba directement sur la tête d'Hadès. Étourdi, il releva la tête et vit une multitude d'animaux au-dessus de lui. Il émit un petit ricanement, croyant à des hallucinations. Plus loin, Déméter souriait, tout en caressant un oiseau. Ne pouvant aider la jeune femme, elle avait décidé d'envoyer ses petites bêtes de la nature…

Phalie avança d'un autre pas, tout en regardant Hadès élevé dans les airs, qui essayait tant bien que mal d'éviter les attaques multiples des animaux. Puis, elle lui envoya une énorme boule de feu, et laissa le dieu des morts voler sous l'effet de l'attaque. La jeune femme tendit la main gauche vers les soldats, tout en les fixant de ses yeux noirs. Quelques instants plus tard, une épée vint se poser dans sa paume tendue. Phalie se retourna vers Hadès, qui se relevait avec peine, puis elle s'approcha de lui à pas de loup.

Lorsqu'il tenta de lui envoyer une attaque, la jeune femme traça rapidement de sa main droite une ligne devant elle. Un cercle bleu apparut, faisant office de bouclier, lorsque l'attaque fut sur le point de la frapper. Cette dernière alla se désintégrer contre un tronc d'arbre.

L'Élue avança encore d'un pas. Une énorme bourrasque tournait toujours autour d'elle. Elle n'avait toujours pas quitté Hadès du regard et, sans prévenir, elle tendit de nouveau la paume vers lui, et une boule d'énergie bleue s'en échappa.

— Celle-ci est pour mes parents...

Un gémissement se fit entendre. Puis, une seconde boule sortit, semblable à la première.

— Celle-là, pour Dionysos...

Un second gémissement. Et une gigantesque rondelle d'énergie repartit de plus belle.

— Et la dernière est pour moi!

Hadès s'écroula, tâché de sang, les yeux clos. La jeune femme s'approcha lentement de lui, et, sans aucune délicatesse, elle releva son visage près du sien. Elle put déceler dans les yeux du dieu une mince couche de peur et de souffrance...

— C'est la fin, Hadès... Ta fin. Tu es certes le dieu des morts, mais tu vas périr... Tu vas enfin aller rejoindre tous ceux que tu as tués, et j'espère qu'ils te feront la peau! Tu vas te retrouver, espèce de monstre, dans le seul endroit où tu n'as jamais voulu mettre les pieds... Et tout ça pour quoi? Simplement parce que tu m'as mise en colère. Un seul devra mourir dans cette guerre qui changera le monde céleste... N'est-ce pas ce que disait la prophétie, Hadès? Mais je peux t'assurer, aujourd'hui, que ce ne sera pas moi…

Elle prit une grande inspiration, mais n'essuya pas les larmes qui ruisselaient toujours sur ses joues. Elle continua :

— Ton heure a sonné. La prophétie va se concrétiser… Voudrais-tu ajouter quelque chose ?

Après cette phrase, Hadès ouvrit subitement les yeux, en souriant.

— Oui ! On se reverra en enfer !

Un puissant feu s'alluma autour d'eux. Il faisait terriblement chaud, mais l'Élue ne ressentait rien, et, surtout, n'abandonna pas.

Elle se releva et empoigna son épée, tout en laissant Hadès choir sur le sol. Déterminée à en finir, elle lui enfonça profondément son arme au centre de la poitrine, comme il l'avait fait avec Dionysos quelques instants plus tôt. Phalie cria au moment où la lame entrait en contact avec le cœur du dieu. Elle se laissa tomber à genoux sur le sol, blessée et épuisée, pleurant la mort de son amant, ainsi que celle de ses parents, plusieurs années plus tôt.

— Phalie !

L'interpellée sortit brusquement de sa rêverie, lorsqu'elle entendit son nom. Elle se retourna et vit

Mya, Achille et Arès arriver près d'elle. Tous les trois s'accroupirent à ses côtés, en la serrant vigoureusement.

— Tu as réussi! Tu nous a tous sauvés! s'écria Mya en l'embrassant sur la joue. Je savais que tu y arriverais, cousine!

— Je n'ai fait que mon devoir, ma chère Mya…

— En parlant de devoir, Phalie, il faudrait peut-être que tu éteignes ce feu, non? demanda Arès moqueur.

La jeune femme sourit et tapa une fois dans ses mains. Le feu disparut rapidement, et un merveilleux ciel tout éclairé apparut.

« J'ai réussi, maman. J'ai réussi… »

ÉPILOGUE

Phalie ouvrit la porte de la maison de ses parents. Celle-ci était toujours inhabitée, car personne ne voulait demeurer dans une maison où les propriétaires avaient été sauvagement assassinés.

La jeune femme pénétra à l'intérieur d'un pas triste et nostalgique. Elle n'y était pas venue depuis plus de dix ans. Elle arriva près des escaliers, après avoir déposé ses valises dans le vestibule, et vit le garde-fou toujours brisé. Elle ferma les yeux et revit le pénible moment où Hadès avait balancé son père par-dessus bord. Elle faisait lentement le tour de la maison, lorsqu'un craquement provenant de la cuisine se fit entendre. Phalie dégaina son épée et avança à pas de loup vers l'endroit, cachée derrière les murs. Elle retint son souffle et attendit…

Un autre craquement. Le bruit se rapprochait

sérieusement de l'emplacement où elle se trouvait. Elle ferma les yeux et lorsqu'elle les rouvrit, une ombre traversa subtilement la porte de la cuisine. Phalie attendit d'être juste devant l'intrus et pointa son arme dans le dos de celui-ci.

— Je vois que tu as bien retenu ce qu'Ulysse t'a montré, car je ne t'ai pas senti approcher derrière moi.

La jeune femme abaissa son arme au son de la voix masculine qui lui était si familière. Elle sourit et l'homme se tourna vers elle.

— Arès! Que je suis contente de te revoir! Mais que fais-tu ici?

— J'étais simplement venu pour te dire que tu pouvais toujours nous contacter, en cas de problème, ainsi que te porter le médaillon que ta mère t'avait légué.

— C'est très gentil, Arès. Remercie-les tous pour moi pour leur soutien et leur aide précieuse…

— Je le ferai, sois sans crainte… Ah! J'allais oublier! Garde cette image avec toi, elle te portera sûrement chance.

Phalie prit l'image et la regarda. Une larme coula à l'extrémité de ses yeux, à la vue de ce visage qu'elle aimait tant.

Lorsqu'elle voulut remercier Arès, celui-ci était déjà parti…

— Dio, veille sur moi… Je suis si navrée que tu ne puisses être près de moi…

Elle déposa l'image sur ses valises et sortit. Une fois dehors, elle s'assit dans les escaliers et repensa à son départ du village de Phtie.

Phalie sortit de la demeure de Dionysos, attristée, valises à la main. Tous les amis, soldats, dieux, ainsi que quelques curieux du village se trouvaient là, devant la maison. La jeune femme était très émue de voir tous ces gens devant elle.. Elle déposa ses valises sur le sol.

— Mes amis, vous savez tous qu'au début j'agissais par simple vengeance, sans savoir réellement ce que je faisais. Cependant, j'ai fini, avec l'aide de plusieurs d'entre vous, par découvrir la véritable raison de mon action. Une chose est sûre, je ne me croyais pas à la hauteur de vos attentes. Mais heureusement, par la suite, j'ai eu beaucoup de soutien et d'entraînements… Et je vous en remercie. J'étais certaine que j'allais échouer, avec toutes ces pertes que nous avons eues. Je sais combien il est difficile de perdre une personne qui

nous est chère... Par contre, je ne regrette pas du tout mes actions… Nos actions! J'espère que vous allez être heureux, maintenant que vous êtes au courant, et sachez que je serai toujours là, si jamais vous avez encore besoin de moi, et ce, pour n'importe quelle raison.

La jeune femme récupéra ses valises, et se dirigea ensuite vers sa cousine Mya. Cette dernière avait les yeux pleins d'eau et ouvrit simplement les bras. Sans protester, l'Élue s'y réfugia et la serra très fort...

— Mya, tu sais où me trouver... J'ai été ravie de te connaître. Ma vie ne sera jamais plus pareille grâce à cette merveilleuse rencontre. Tu diras au revoir à ton père pour moi.

La jeune femme hocha la tête, en souriant.

Puis, Phalie se dirigea vers Achille.

— Achille, tu es un homme merveilleux, mais si un jour, j'apprends qu'il est arrivé du mal à Mya, je vais t'en tenir responsable! Veille bien sur elle, mon ami, et prends soin de toi... Et merci infiniment pour ton aide…

— Ne t'inquiète pas, Phalie, ta cousine est entre bonnes mains… Prends également soin de toi.

La jeune femme sourit et continua d'avancer. Quelques instants plus tard, elle se dirigea vers Zeus.

Celui-ci attendait patiemment aux côtés de sa femme.
Il lui sourit, tendrement.

— Prête?

— Oui, je suis prête, Zeus… Prête à retourner chez moi, à Rome.

Et, d'un seul coup, tous les deux disparurent. Lorsqu'elle ouvrit les yeux, elle vit la maison de ses parents. Zeus était encore derrière elle et lui souriait toujours.

— Il est temps pour toi de continuer ta vie… Bonne chance, Élue!

Sans un seul mot de plus, il disparut à nouveau.

La jeune femme ne remarqua pas l'arrivée de Mina accompagnée d'un jeune homme, lequel devait être Payos, son petit ami,

— Phalie! Phalie! crièrent les deux voix.

Phalie revint subitement à la réalité. Elle les regarda s'approcher hâtivement. Elle leur sourit, et leur fit un petit signe de la main.

— Mina, Payos, que faites-vous ici?

— Nous sommes venus le plus vite possible! En

fait, dès que nous avons su que tu arrivais, répondit Payos

— Mais qui vous a prévenu?

— J'ai reçu une curieuse lettre, hier. Celle-ci mentionnait, entre autres, que tu devais arriver à cette heure-ci dans la maison de tes parents, expliqua Mina.

— Je vois…

— Raconte-nous tout ce que tu as fait durant ton séjour en Grèce, demanda Payos

— D'accord, mais rentrons d'abord à l'intérieur.

Les trois amis de toujours pénétrèrent dans la maison en riant et en se bousculant.